中华魂

ZHONGHUA HUN

百部爱国故事丛书

物竞天择　适者生存

——资产阶级启蒙思想家严复

张　彬　编著

吉林人民出版社

图书在版编目（CIP）数据

物竞天择　适者生存：资产阶级启蒙思想家严复 / 张彬编著．-- 长春：吉林人民出版社，2011.3（2021.8 重印）
（中华魂·百部爱国故事丛书）
ISBN 978-7-206-07530-8

Ⅰ．①物… Ⅱ．①张… Ⅲ．①故事－中国－当代 Ⅳ．①I247.8

中国版本图书馆 CIP 数据核字 (2011) 第 032592 号

物竞天择　适者生存

——资产阶级启蒙思想家严复

WUJING TIANZE　SHIZHE SHENGCUN
——ZICHAN JIEJI QIMENG SIXIANGJIA YANFU

编　　著：张　彬
责任编辑：孙　一　　　　封面设计：孙浩瀚
制　　作：吉林人民出版社图文设计印务中心
吉林人民出版社出版 发行(长春市人民大街7548号　邮政编码：130022)
印　刷：北京一鑫印务有限责任公司
开　本：787mm×1092mm　1/16
印　张：8　　　　字　数：64千字
标准书号：ISBN 978-7-206-07530-8
版　次：2011年3月第1版　　印　次：2021年8月第2次印刷
定　价：35.00元

总　序

《中华魂》是一套故事丛书。它汇集了我国自鸦片战争以来一百八十余年间的近百位民族英雄、仁人志士、革命领袖、先进模范人物的生动感人事迹，表现了他们作为中华儿女的伟大的爱国主义精神。

爱国主义是人们对于“生于斯、长于斯、衣食于斯”的祖国的一种神圣感情，是人们对于自己民族的一种强烈的责任感和使命感，是感召和激励整个中华民族的一面永不褪色的旗帜。在一百多年的中国近现代史上，爱国主义一直激励着中华儿女为祖国的独立、统一、进步和繁荣而英勇奋斗。从“苟利国家生死以，岂因祸福避趋之”的林则徐，到“我自横刀向天笑，去留肝胆两昆仑”的谭嗣同;从“铁肩担道义,妙手著文章”的李大钊,到“青春换得江山壮,碧血染将天地红”的赵一曼;从“县委书记的好榜样”的焦裕禄,到“问鼎长天,扬我国威”的邓稼先……都表现出了强烈的爱国主义精神。正是由于热爱祖国的人们前仆后继地奋斗,国家和民族才得以生存,才能够在一次次历史危急关头转危为安,走向兴盛和富强,从而屹立于世界民族之林。爱国主义是鼓舞中华儿女历经忧患、跨越沧桑、百折不挠、自强不息的伟大力量,它贯穿于中华民族的整个历史,并有力地凝聚着五洲四海的中国人。

爱国主义是一个历史的范畴,在社会发展的不同阶段、不同时期有不同的具体内容。革命时期,需要我们为祖国的独立自主出生入死;建设时期,需要我们为祖国的繁荣富强增砖添瓦。在全国各族人民团结一心,开启全面建设社会主义现代化国家新征程的今天,我们要争做一名新时期的爱国者。新时期的爱国者要有强烈的民族自尊心、自豪感。民族自尊心、自豪感是任何时期、任何爱国者都必须具备的情感。民族自尊心能增强我们自立向上的恒心,民族自豪感能树立我们建设祖国的信心。要树立"祖国高于一切"的崇高信念,为了祖国和人民的利益不惜抛却个人的利益,甚至不惜牺牲个人的生命。我们要树立终身学习的理念,拓宽自己的知识面,广泛吸收新知识、新技术,完善自身的知识结构,更新学习知识的方法与理念,从思想上、知识上充分武装自己,为祖国的繁荣昌盛贡献力量。

爱国主义思想的继承和发扬,是关系到民族盛衰、国家兴亡的根本问题。爱国主义思想情操的形成,需要不断地培养。培养爱国主义精神的一个重要途径是向英雄人物和典范事迹学习和致敬。这套丛书的出版,对于青少年向英雄和先进人物学习,特别是对于在中小学生中进行爱国主义教育是不可多得的生动的教材。祝愿此书出版发行成功,为培养时代新人做出贡献。

胡维革

中华魂

百部爱国故事丛书

编 委 会

1840年以后，西方近世文明以其无可抗拒的强大优势，震撼着东方的古老文明。原本这场以战争形式所表现的冲突，实质上是一种文明的冲突，但当时的中国人除了为之震惊外，却看不出隐藏在历史表象背后的深层意义。极个别先进分子经过上下求索，看到了外面照射进来的一线光束，找到了自己与时代的结合点，从而也大体找到了自己人生道路的正确方向。严复的早期生活道路正是这样一个过程。

目　录

出身贫寒　立志报国　/ 001
留学英国　/ 016
任职北洋水师学堂　/ 024
为救亡图存而摇旗呐喊　/ 032
惊世骇俗的《天演论》　/ 047
戊戌变法运动中的严复　/ 060
思想理论界的巨人　/ 071
潜心翻译著作　传播西学　/ 082

中华魂 百部爱国故事丛书

ZHONGHUA HUN

出身贫寒　立志报国

1854年1月8日，在福州南台苍霞洲的一个中医世家里，一个男孩出生了，这个男孩就是后来成为杰出启蒙思想家、晚清文化巨人的严复。在历史的纪年上，严复出生的这一年，是鸦片战争爆发的第十四年，也

严复像

是太平天国攻克江宁、定都并改名天京的第二年，还是清廷海关管理主权丧失的第一年，马士在《中华帝国对外关系史》中写道：上海在实际上已经变成一个自由港。事实上是从1853年9月起，一般说来是从11月起，绝对说来是从1854年5月起，中国政府在对外贸易方面就没有收到过关税。虽然这种情况对少数商人有利，但对一般的商人公众、领事和中国政府的官员们来说，却有点惊慌。海关的陷落确实说明，严复的幼年时代，正值腐败的清王朝统治政权处于急剧衰落、内外交困的危机境地。

严复出生的这一年，福建省的农民革命烈火正猛烈地燃烧着。在闽南，由黄威领导的小刀会起义，起义军从海澄县攻向漳州、厦门、漳浦、安澳等地。农民起义军迅速由2 000人扩充到8 000人，打着“官逼民反”的大旗，转战闽、浙、台沿海地区，与清军屡战，坚持到最后一息。在闽北，林俊领导的红钱会起义，同时由永春县攻向德化县、仙游城，得到广大农民的支持，转战闽北山区达五年之久。

1855年，严复2岁。这一年，太平天国的西征军正与清朝曾国藩训练的湘军在长江中游激战。太平军在石达开的指挥下，大战鄱阳湖口，三克武昌城。在北方的捻军起义首领张乐行，指挥五路兵马向清军发动猛烈进攻。在贵州，苗族首领张秀眉发动了武装起义，以台拱为中心坚持斗争多年。

1856年，严复3岁。这一年。太平天国取得了重大胜利，打破了清军江北大营和江南大营，解除敌人对天京三年的包围。但是，在胜利面前，太平军的领导人昏了头脑，争权夺利，发生了互相残杀的“天京事件”，损失数万余人。这一年，英法侵略者发动了第二次鸦片战争，向清政府进行威胁，要求扩大在中国的特权。英法联军进攻广州城，震动了清政府。在北

太平天国运动

洪秀全塑像

方的沙皇俄国侵略者组织了第三次武装航行黑龙江，把魔爪伸入中国的领土。

1857年，严复4岁。这一年，沙俄侵略军组织了第四次武装航行黑龙江。太平天国内部矛盾扩大，天王洪秀全猜忌手下，翼王石达开擅自离开天京，带走十多万精锐的太平军。洪秀全重新组建领导核心，掌握朝政，太平天国力挽危局，与清军殊死搏斗。

1858年，严复5岁。这一年，英法联军攻下广州城，两广总督叶名琛被俘，并在广州成立了地主伪政权“外人委员会”，实行军事殖民统治。接着，英法联军北上，迫使清政府签订《天津条约》。清政府的黑龙

《中俄瑷珲条约》签订现场蜡像

江将军奕同，在沙俄武力威胁和外交讹诈下，被迫签订了《中俄瑷珲条约》，割让中国黑龙江以北、外兴安岭以南60多万平方公里的中国领土，并把乌苏里江以东的中国领土40多万平方公里，划为中俄共管。

山河破碎，风霜激荡，清王朝在危机四伏之中，中华民族面临着外来的灾难。历史呼唤着人民觉醒，也呼唤着有识之士寻求科学救国的良策。这是一个历史需要巨人和产生巨人的时代，严复正是在这样的历史时代成长起来的。严复的少年时代生长在爱国主义传统悠久的环境里，受到了深刻的思想影响。严复的家乡位于闽江口，临近台湾海峡。在明代，这里是戚继光抵抗倭寇的前沿阵地，至今福州于山白塔寺东，

严复的家乡位于闽江口，在明代这里是戚继光抵抗倭寇的前沿阵地。（图为戚继光像）

仍然立有“戚公祠”。严复的家乡阳崎渡，又称“郑公渡”，相传是清初收复台湾的民族英雄郑成功用兵渡江的地方。当严复出世的时候，另一位晚清民族英雄林则徐，已经过世。林则徐与严复是同乡，均为侯官人，历任巡抚、总督。严复从1860年到1863年在私塾读书，时间虽然短暂却打下了良好的学问基础。在这期间，他主要学习的是蒙学的基础知识，诸如《三字经》《百家姓》《千字文》一类的识字书。这类书的特

林则徐画像

点是句成韵语，语言简约，意义明显，善于概括，便于诵读。此外，他也学习《四书》《五经》和诗文，这是迈向科举考试的基础知识。蒙学阶段的学习使严复受益匪浅。蒙养教学，概括起来是读、写、作三事。读，就是阅读。阅读包括教书、背书、理书、讲书几个环节。教书就是教师布置新课，教学童读书。即教会学童正确朗读，要读得字字响亮、准确、熟练。熟读不仅是为了巩固读书成果，也是培养自学能力，是深入理解书中内容的一个步骤。背书，是用来督促检查学童读书的重要手段，古代蒙学几乎是每读必背。理书，即温书，复习过去学过的知识。《论语》说“温故而知新”，就是强调复习功课的重要性。讲书，是老师讲解书意，讲书的次序是先讲清文义，再讲清全文

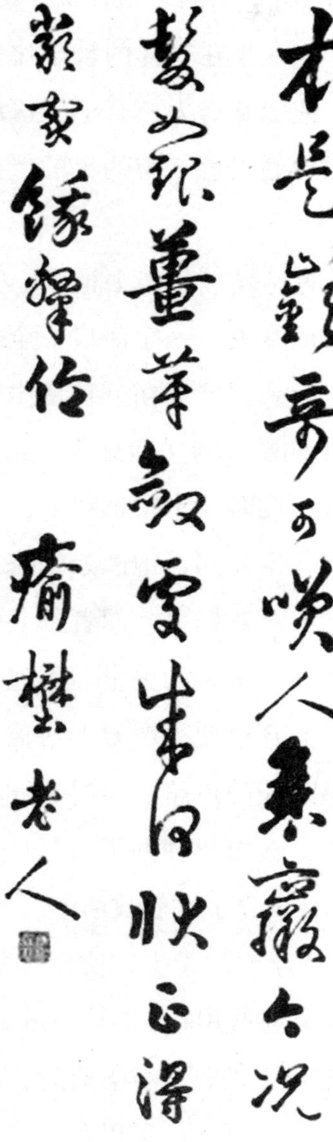

严复书法作品

的基本思想。讲书是个别施教，从学童天资的高低、学识的基础出发，做到因材施教。写，就是写字。习字教学，在蒙学中形成了一定的程序，如有切实的要求、具体的指导、持之以恒的严格训练，教学效果十分显著。作，就是写作训练，是一门十分重要的课程。写作训练有一套传统的做法：第一，从模仿入手，边仿边作，慢慢形成熟练技巧。第二，注重基本功训练，蒙学教文，注意锤字、炼句谋篇等几项基本功练习。学诗作对不仅要学生掌握诗与对的写法，而且借以进行词句的严格训练。第三，勤于练习，精于批改。严夏就是在这样的教学比较严格的私塾里接受教育的，他聪慧努力，打下了深厚的幼学功底。他日后的文字功底出色，与幼年的严格训练是分不开的。

然而就在严复十几岁的时候，父亲去世了。家里只剩下母亲、两个妹妹和他本人。一家四口，全依赖母亲做零工来维持生计。后来，严复在一首诗中曾回忆当时的生活说："我生十四龄，阿父即见背。家贫有质券，赙钱不充债。慈母于此时，十指作耕耒。上掩先人骨，下养女儿大。富贫生死间，饱阅亲知态。门户支已难，往往遭无赖。五更寡妇哭，闻者檩心肺。"生活的艰辛，由此可以想见。父亲的去世，不仅使他的家庭失去了生活依靠，而且也使得严复无法像一般的富家子弟那样，走科举入仕的道路。当时，洋务派人物左宗棠和沈葆桢等人，在福州创办了造船厂。为了培养造船和驭船人才，又设立了"船政学堂"。根据学堂的章程规定：凡考入该学堂的学生，伙食费全免，另外每月给银四两，贴补家庭费用；3个月考试一次，如果成绩优等，还可得赏银十两；5年毕业后，不仅可以在政府中得到一份差事，而且还可以参照从外国聘请来的职工待遇标准，优给薪水。船政学堂的这些优待条件，对当时一般的富家子弟来讲，是看不上眼的。因为，他们家大业大，因而把科举视为正途，一心一意想从秀才、举人、进士而步入公卿行列。而船政学堂学得大都是“洋务”，这在当时是被看作不登大雅之堂的。然而，对于像严复这样的家庭来讲，船政学堂的这些条件，是很有吸引力的。故而，当学堂在1866年冬天正式对外招生时，福建和广东一带的许多贫家子弟都前来报考。严复也正是这些前来应考学生

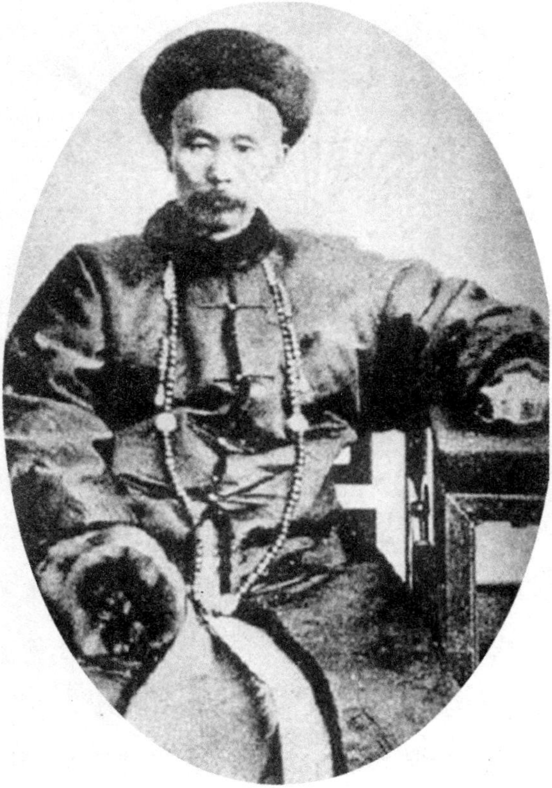

左宗棠像

严复书法作品

中的一员。经过考试，严复取得了第一名的好成绩。这对于刚刚失去父亲的家庭来讲，当然是一个特大的喜讯，不久他正式进入该校学习。当时的船政学堂，以培养洋务人才为重点。故而，这里的课程设置中虽然也有“谕广训、孝经，兼习策论，以明文理”等内容，但还是以造船和驭船的相关科学技术为主。在这里，严复系统地学习了外语、算术、几何、代数、物理学、化学、地质学、天文学、航海学、光学、电学、电磁学、声学和热学等课程。这些都是当时由西方资本主义国家输入的新知识、新学问，与严复此前在私塾中所学的四书五经等截然不同。求知的欲望，再加上少年时代的好奇心，使严复对这些课程非常感兴趣，学习成绩也因此一直名列前茅。

19岁那年，严复从船政学堂毕业。由于终考的成绩为最优等，他因此为洋务官员沈葆桢和有关教席所器重。毕业之后，他马上被派到军舰上实习，先是随“建威”号南下新加坡、槟榔屿等地，再北至我国东部海面的渤海湾和北部的辽东湾等地。次年，福州造船厂又成功地自制了“扬武”号等5艘兵船，随后严复被改派到“扬武”号上。

严复纪念章

拓展阅读 TUOZHAN YUEDU

四书五经

四书五经是四书和五经的合称，是中国儒家的经典书籍。四书是指《论语》《孟子》《大学》和《中庸》；而五经是指《诗经》《尚书》《礼记》《周易》《春秋》，简称为“诗、书、礼、易、春秋”。其实本来应该有六经，还有一本《乐经》，合称“诗、书、礼、乐、易、春秋”，但后来亡于秦末战火，只剩下五经。四书五经是南宋以后儒学的基本书目，儒生学子的必读书。四书五经包括文学、史学、社会学、心理学等方面的学科内容，涉及中国社会政治制度、统治基础、军事斗争、文学艺术等广泛而丰富的内容。表达了儒家思想的基本方法与中心体系，其内容构成了儒家这几千年来思想的精华与真谛。其语言则千锤百炼，字字如金，是上至帝王将相，下至黎民百姓治国、修身、立德的根本依据。无论是在中国思想史还是世界思想史上均产生了极其深远的影响，至今仍是中国社会道德规范、处世法则与理国基础，属于中华民族最为宝贵的文化遗产之一。

留学英国

1877年，严复结束了长达5年的随船实习生活，前往英国留学。根据当时洋务官员的理解，在西方各国中，法国的造船技术最精，而英国的驭船术最良。根据这种理解，他们把在船政学堂读书的学生分为两个班，前学堂和后学堂。前学堂主要学习造船之术，以培养“良工”；后学堂学习驭船之术，以培养“良将”。由于严复此前所学的是驭船术，也就是说，他是被当作“良将”来培养的，故而被派往英国留学。来到英国后，严复先进普茨毛斯大学学习。毕业后，又进入格林威治海军学院学习。在这里，他所学的课程主要有高等数学、化学、物理、海军技术、海战公法以及枪炮营垒等，经过考试，他各门功课的成绩都是名列前茅的。

严复留学英国之时，也正是中国的民族危机不断加深之日。当时，除了西方列强不断加强对中国的宰割之外，北方的俄国和东面的日本，也不时窥测中国。东西列强对中国的纷纷宰割，中国封建统治的腐朽，都深深地刺激着严复。正因为如此，在英国留学期间，他并不满足于课堂的教学，每每于课余之时或茶余饭后，他还对西方的政治学说以及英国的资本主义社会制度，倍加关注。当时，在西方的资本主义国家中，英国的强盛是首屈一指的。严复希望通过对英国政治制度、经济运作以及思想家们政治学说的观察、分析、研究，来探讨其强盛的理由，进而为中国的出路提供良策。

严复在英国接受了西方先进的教育，为其日后的各项工作奠定了良好的基础。

年轻的严复，凭着自己对英国社会的观感，思想开始发生变化，一些虽然朦胧、却又十分执着的想法，逐渐在他的脑际产生。原

英国国会大厦

先，对于洋务派官僚如李鸿章、左宗棠等人的言论，他是十分信从的。他们认为，西方比中国高明的地方，仅在于其“坚船利炮”，至于政治制度、社会风俗，中国则比西方强得多。因此，所谓“洋务”，主要就是学习西方的现代科学技术。未经沧海的严复，对此是深信不疑的。但是，通过在英国的实际观察，他开始对洋务派的这一套主张，产生了怀疑。在后来的回忆中，他曾谈到：“犹忆不佞，初游欧时，尝入法庭，观其听狱，归邸数日，如有所失。谓英国与诸欧之所以富强，公理日伸，其端在此一事。”可见，通过对英国社会的切身感受，他已经感到英国的富强并不是如洋务派官僚们所说的，仅仅在于其“坚船利炮”，而在于其有一个使“公理日伸”的政治思想和立法制度。

通过对英国社会的进一步了解，严复更是眼界大开。他发觉，在英国一切治理得井井有条，给人以一种安定、富足之感，反观中国，动乱不止，饥民遍野。其中的原因在哪里呢？他已朦朦胧胧地觉得，中国与英国之所以是完全不同的两种景象，关键在于专制政治与立宪政治的不同。因此，近代以来中国处处落后、时时挨打，也就是必然的了。当时的英国，正处在资本主义的上升时期，各种资产阶级的思想流派及其学说主张，纷至沓来。除了早期的亚当·斯密等古典经济学说之外，约翰·斯图尔特·穆勒的实证论哲学和逻辑学等等，都有着广泛的影响。特别是达尔文的生物进化论学说，此时更是风行一时。严复到英国时，达尔文《物种起源》一书问世已二十多年。根据进化论原理所开展的人类起源和生物进化方面的研究，也已取得了重大的成就。所有这些，都给人以一种全新的世界观。面对这些五花八门的思想学说，严复感到新鲜而且好奇。他觉得，英国思想家们的这些思想学说，不同于中国传统的“经训”或“辞章”，重观察、轻推理，很能切合实际。因此，他便开始大量地阅读和钻研。与英国一海之隔的法国，此时也是一个发达的资本主义国家。经过早期的启蒙运动和后来的资产

达尔文像

阶级大革命，法国许多思想家的思想学说已广为人知。由于法国在大革命后，建立了资产阶级的民主共和国。因此，这里的思想学说与英国相比，又是另外一种景象。特别是早期启蒙思想家孟德斯鸠、卢梭等人，都从不同的角度阐述了资产阶级天赋人权和民主、自由等观点。

长期生活在中国专制政治制度下的严复，初次接触他们的思想，更是觉得耳目一新。为了探究其思想要义，他甚至还亲自去法国游历，以考察这些思想家们的生平经历，了解他们的思想发展脉络。经过一段时间的研习、揣摩，他对这些思想家的思想学说基本上都有所了解。这些对他后来资产阶级世界观的形成，有着巨大的影响。

在英国期间，严复还与当时清政府的第一任驻英公使郭嵩焘时常来往。每逢周末或假期，他总是到使馆，与郭嵩焘论析中西学术的异同。郭嵩焘在当时的洋务派官僚中，是一位对西方各国了解较多、思想也较为开明的人物。由于严复对西学了解甚详，见解精辟，能发人所未发，从而得到了郭崇焘的赞许与赏识。在很长的一段时间内，郭嵩焘一直把严复引为忘年交，并在给友人的信中说："出使兹邦，惟严君能胜其任。如某者不识西文，不知世界大势，何足当此任！"从郭嵩焘对严复的赞许中，我们可以看出，严复在英国留学期间，对于西方资本主义国家社会政治制度和学术文化的了解，已达到了相当深刻的程度。

拓展阅读 TUOZHAN YUEDU

格林威治海军学院

格林威治海军学院即格林威治皇家海军学院，因坐落在伦敦郊外的格林威治而得名。学院原为国王行宫，英法战争期间改为伤兵养病院，1871年改建为海军学院。现该学院仍用于培训海军军官。学院内部分四个区，左上区为教室；右上区于悬挂历代海军将领的画像、著名海战画等，纳尔逊的画像即收藏与此；右下区为餐厅、教堂；左下区为模型陈列室，数百年所造船式皆在其中。学院教授的学科分为数学、格致、炮台、机器、外语等。中国政府早期派遣的海军留学生大都就学于此，其中较为著名的有萨镇冰、严复等。直到二战时期，中国海军仍在继续向该校派遣留学生，包括参加过诺曼底登陆的黄廷鑫。

达尔文

达尔文，英国的博物学家、生物学家、进化论的奠基人。达尔文于1809年2月12日诞生在英国的一个小城镇。他以博物学家的身份，参加了英国派遣的环球航行，做了五年的科学考察。在动植物和地质方面进行了大量的观察和采集，经过综合探讨，形成了生物进化的概念。1859年出版了轰动当时学术界的《物种起源》一书。书中用大量资料证明了形形色色的生物都不是上帝创造的，而是在遗传、变异、生存斗争中和自然选择中，由简单到复杂，由低等到高等，不断发展变化的，提出了生物进化论学说，从而摧毁了各种唯心的神造论和物种不变论。恩格斯将进化论列为19世纪自然科学的三大发现之一。他所提出的天择与性择，在目前的生命科学中是一致通用的理论。除了生物学之外，他的理论对人类学、心理学以及哲学来说也相当重要。

任职北洋水师学堂

1879 年 6 月，严复结束了在英国两年多的留学生涯，毕业回国。当时，福州的船政学堂正需要像他这样了解西方各国情况、熟悉西学的教师。于是，他一回国就被洋务派官员聘为该学堂的后学堂教习。

次年，另一个洋务派官僚李鸿章在天津又另外开办了一个海军学校——北洋水师学堂。此时，福州造船厂的创办人左宗棠和沈葆桢，一个调离原职，另有他任，一个则已逝世。故而，清政府全部海军的势力都逐渐集中到北洋大臣李鸿章的手里。为了进一步扩

重新修复的北洋水师学堂的教学区

充自己的势力，李鸿章在创办北洋水师学堂的同时，还注意网罗精通洋务、熟悉西学的人才。长期以来一直为沈葆桢、郭嵩焘等人所赏识的严复，也成了他重点网罗的对象。就这样，严复在担任船政学堂的教习之职一年后，被李鸿章调到北洋水师学堂出任总教习（相当于今天的教务长）。从此，严复在这里任事长达20年，直到1900年义和团运动发生，才离开这所学校。来到北洋水师学堂之后，严复才发现，这里与福州船政学堂有很大的不同。尽管这里也分驾驶和管轮两个专业，但却不同于船政学堂的造船与驭船，相对

郭嵩焘像

而言，这里则是一个比较纯粹的海军学校。当时的北洋水师学堂，设在天津城东不远的机器制造局旁边。由于李鸿章想借这里培植自己派系的亲信和骨干，故而将这里的校舍修建得十分宽敞，而且楼台掩映，花水参差，景色宜人。

严复在该校总教习的职位上，一干就是9年。根据当时清政府的规定，北洋水师学堂的总办（相当于校长），一般要由候补道等级的官员出任。严复不是从“正规”的科举之途走出来的，虽然他留过学，而且精

李鸿章像

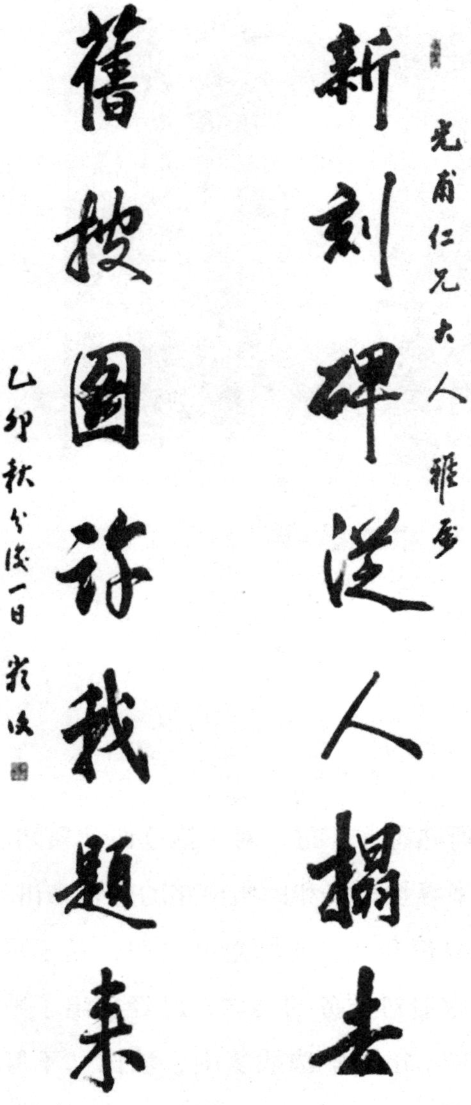

严复书法作品

通西学。但是，在资格上却只是武职都司。因此，他一直行总办之责，但却无总办之名。37岁那年，严复连捐带保，总算有了一个“选用知府”的官衔。在这种情况下，他才被李鸿章升为该校会办（相当于副校长）。次年，正式升为总办。随后，他又由选用知府升为选用道员。就这样，他开始以一个四品官衔的北洋水师学堂总办身份，慢慢地为

严复塑像

京、津一带的官僚所熟悉。不过，对于饱读西学新知、立志从西学新知中来寻找国家和民族出路的严复来讲，对自己的四品官衔身份和北洋水师总办之职，是不尽满意的。当时，清政府对洋务的尝试，已经露出了败迹。在1883年至1884年的中法战争中，法国“不胜而胜，中国不败而败”，特别是在福建沿海的海战中，法国海军几乎将福州的造船厂夷为平地。面对清政府在外强压境之时的腐败不堪，特别是对于当时中国海军内的腐败情形，严复十分不满。他认为，李鸿章等人所倡导的洋务，依然充满着官场的腐朽习气，名为“中兴”，实则一塌糊涂。他甚至还在大庭广众之下宣称，如果再这样走下去，不出20年，中国的领土将被列强吞食殆尽，那时候中国就要像老牛一样，让外国人牵着鼻子走了！这种激烈的爱国言论不仅使在场的人们听得心惊肉跳，而且更使得李鸿章等一班洋务大员很不高兴。几乎与中国的洋务运动同时，与中国相邻的日本，开始了资本主义性质的明治维新。短短时间内，日本刷新政治，发展经济，国力蒸蒸日上，一跃成为亚洲的强国。日本与中国一正一反的现实，使得严复更加深信，洋务事业不可能救中国，更不可能使中国复兴。正因为如此，身在洋务派官僚所办水师学堂中任职的严复，却不时地对洋务派的举措发出批评。这样，原来对他比较器重的洋务派官僚，开始日益与他疏远。后来，陈宝箴在为其所作的墓志铭中也说：“文忠（李鸿章）大治海军，以君（严复）为总办学堂，不预机要，奉职而已。”可见，在北洋水师学堂任职，严复虽然有总办之名，但却一直没有得到李鸿章的重用。与他同一时期留学的刘步蟾、林泰曾、方伯谦等人，此时早已在海军中任舰长等要职，只有他

空守着天津的这个海军学校，“不预机要，奉职而已”。之所以如此，与他长期以来一直批评洋务政策是大有关联的。

由于在北洋水师学堂处处受制于人，根本就无法施展自己的抱负，故而，严复准备另谋发展。为了摆脱自己的困境，他曾一度与人在河南合办煤矿。但是，这种私人性质的资本主义企业，并不能帮助他实现救国家于危难的政治抱负。万般无奈之下，他对自己的生平所学产生了怀疑。他想，如果自己当年不入福州船政学堂，不学习西洋近代科技文化，而是与同时代的其他士人一样，走科举入仕的道路，那么处境或许就不会如此艰难了。想到这里，他似乎恍然大悟：自己还年轻，反过头来再通过科举考试，也应该来得及。于是，他决定参加科举考试。然而，出乎他意料的是，这条路怎么也走不通。1885 年，他在自己三十多岁的时候，参加了福建的乡试；后来他又参加了其他很多考试，结果都没有考中。如果没有甲午中日战争的发生，严复或许还会继续参加科举考试，这样他也许会沿着科举这条道路，由举人而进士，以至于平步青云，位列公卿。然而，就在他企图以科举考试改变自己人生命运的时候，1894 年中日甲午战争爆发了。这场战争最终以中国失败而结束。从此，中国的形势更加危急，为自己人生理想而在科场中连年奋斗的严复，在民族亡国灭种的危机刺激下，终于清醒过来。他感到再也不能留恋科场了，应该与全国的爱国志士一道，积极投身于救亡图存的伟大洪流之中。

为救亡图存而摇旗呐喊

中国近代变法维新运动的发起人之一梁启超后来曾说："吾国四千年大梦之唤醒，实自甲午战败割台湾、偿二百兆始。"的确，以甲午战争失败为契机，开始了中华民族的大觉醒。战争结束后，随着《马关条约》的签订，中国割地赔款，从而彻底地沦入了半殖民地半封建社会的深渊。亡国灭种的惨祸，强烈地刺激着中国社会的各个阶层，越来越多的有志之士，开始拍案而起。他们起而言，言而行，呼吁改良，倡导变法。于是，一场以变革中国社会政治体制为中心，

康有为与梁启超

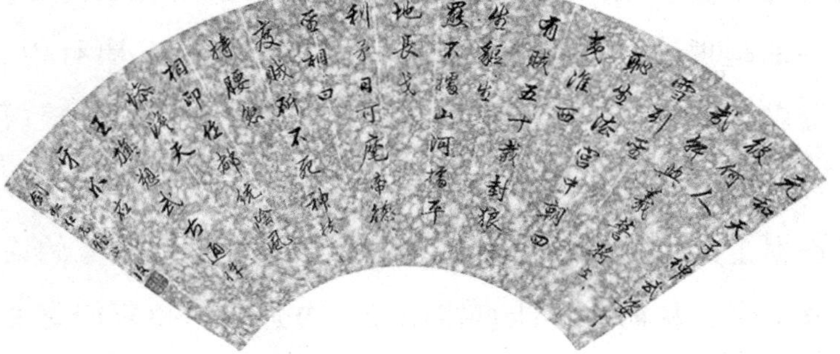

严复书法作品

以救亡图存为目的的维新变法运动终于在千回百转之后，汇成时潮，蔚然兴起。而严复则正是这场运动的重要代表人物之一。

如果说康有为和梁启超等人在这场维新变法的运动中，主要是以发动者和组织者的姿态出现，那么严复在这场运动中则主要是以维新派的思想家身份出现。他在这一时期所撰写的一系列政论文章，全面而又系统地介绍了近代西方资产阶级的政治学说。从而在批判中国传统的封建专制制度，传播资产阶级维新变法思想等方面，起了十分重要的作用。

1895 年，严复在天津的《直报》上接连发表了《论世变之亟》《原强》《辟韩》和《救亡决论》等多篇政论性文章。这些文章的中心内容基本上与同一时期康有为、梁启超等人的思想相同，即鼓吹维新，反对封建专制。但是，从立论的角度、观察问题的方法，特别是理论体系等方面来看，又不尽相同。康有为、梁启超等人早年所接受的教育，全都是旧式的封建教育，他们没有去过西方资本主义国家，没有目睹西方资本主义国家的社会政治制度，又不懂这些国家的语言文字，从而也不能直接阅读西方近代思想家们有关政治学说和思想理论方面的著作。因此，他们在批判中国传统的封建专制政治体制时，主要是以中国的旧学为武器，如康有为在鼓吹变法的重要著作《新学伪经考》和《孔子改制考》等著作中，基本上就是从儒家的"托古改制"立场来论述维新的重要性，并把孔子改头换面，打扮成维新变法的首倡者。正因为如此，

严复书法作品

他们的思想往往互相矛盾，整个理论也常常有牵强附会之处。这一点，连梁启超本人也是承认的。与他们相比，严复则完全是另外一个路径。他没有系统地接受中国传统的教育，少年时代即在船政学堂学习西方的近代科学技术，稍后又留学英国，醉心于英国的资产阶级政治制度和典章文物，阅读了亚当·斯密、边沁、孟德斯鸠、卢梭和达尔文等西方资产阶级学

严复像

者的大量理论著作。正因为如此，在当时的中国，就严复对西学的造诣之深和对于西方社会的实际了解来讲，不仅远非李鸿章、张之洞和郭嵩焘等洋务派人物可比，即使是曾经到过国外的早期改良主义者王韬、郑观应等人，以及后来的康有为、梁启超、谭嗣同等人，也无法望其项背。也正因为如此，同是批判封建专制制度，同是倡导变法维新，严复所用的武器则是近代西方的资产阶级政治理论学说。对于近代的中国社会来讲，严复所运用的这一理论不仅是全新的，而且也是更富战斗力的。在严复的几篇重要政论性文章中，《论世变之亟》是他阐述自己维新思想的一个引论。在这篇文章中，他针对封建顽固派“天不变，道亦不变”的主张，从社会历史发展的动态进程中，来批判顽固派的迂腐。他认为，人类社会历史的发展，有一个不以人的主观意志为转移的规律，这个规律就是“运会”。他说：“运会既成，虽圣人无所为力。”圣人的作用，只在于“知运会之所由趋，而逆睹其流极。裁成相辅，而置天下于至安”。他还郑重指出：西方列强近代以来对中国的侵略，是一个必然的历史趋势，是自“秦以来，未有若斯之亟”的“世变”。所以他认为，绝不能幻想阻止这个“天地已发之机”，而只能在承认这个总形势的基础上，讲求救国自强之法，使中国像西方资本主义国家一样富强，才有办法。他说，顽固派祖宗之法不变的叫嚣，其目的是将封建的中国与世界隔绝开来。似乎只有这样，世界从此便可太平无事，这只是他们一厢情愿的幻想。他进而批判说：“夫士生今日，不睹西洋富强之效者，无目睹也，谓不讲富强，而中国自可以安，谓不用西洋之术，而富强可以自致，谓用西洋之术，无俟于通达时务之真人才，皆非狂易丧心之人不为此。”

在批判了顽固派的言论之后，他又在《原强》一文中，全面地阐述了自己的救国理论。他根据英国资产阶级学者斯宾塞的社会学说，认为一个国家的强弱

存亡，决定于该国家国民的“血气体力之强”“聪明智虑之强”和“德行仁义之强”即力、智、德三者的高下。他说：“生民之大要三，而强弱存亡，莫不视此，一曰血气体力之强，二曰聪明智虑之强、三曰德行仁义之强。是以西洋观化言治之家，莫不以民力、民智、民德三者断民种之高下，未有三者备而民生不优，未有三者备而国威不奋者也。”根据这三个标准，他进而考察了中国近代社会的具体情况。他认为，中国自甲午战争之后，政治腐朽已到了极点。那么中国是不是还有希望呢？他认为，希望还是有的，关键在于自己能否与时并进，百尺竿头，发奋自励。他根据英国社会达尔文主义者斯宾塞的学说，认为“民之可化，至于无穷”，也就是说，中国虽然目前在力、智和德三个方面不如别国，但可以通过努力，迎头赶上。因此，对于中国来讲，要想谋求国家的富强，就必须“相其宜，动其机，培其本根，卫其成长，则其效乃不期而自立”。正因为如此，他大声疾呼，要求进行社会改良，以救亡图存。那么，怎样才能救亡图存，致力于国家的富强呢？他认为，主要的办法有三个：“一曰鼓民力，二曰开民智，三曰新民德。”所谓“鼓民力”，主要是禁止鸦片和禁止妇女缠足，以强化人民体质。所谓“开民智”，就是废除八股时文，提倡西学，以提高人民的智力。他认为，西方国家的学术，“先物理而后文词，重达用而薄藻饰，且其教弟子也，尤必使自

严复书法作品

竭其耳目，自致其心思，贵自得而同贱因人，喜善疑而慎信古”；相反，中国的传统学术，“必求古训，古人之非，既不能明，即古人之是，亦不知其所以是。江河日下，以至于今日之经义八股，则适足以破坏人才，复何民智之开之与有耶”。因此他主张：“欲开民智，非讲西学不可，欲讲实学，非另立选举之法，别开用人之途，而废八股、试帖、策论诸制科不可。”至于“兴民德”，最主要的就是创立议院。他认为，中国之所以积贫积弱，主要的原因就是皇帝长期以来一直把人当奴隶。西方国家的法令制于议院，人们都遵守政府的法令，“各奉其自主之约”，从而上下一心，“趋死以杀敌，无异自卫其室家”。通过中国与西方的这种尖锐对比，他主张要用西方资产阶级的民主、自由、平等，来代替中国封建社会的宗法制度和伦理道德。

《救亡决论》是《原强》一文的补充。在这篇文章中，他重点就开民智一事，痛快淋漓地批判了中国传统旧学和八股取士的危害性，进一步指出了西学输入的重要性。他说：“天下理之最明，而势所必至者，如今日中国不变法，则必亡是已。”如果废除八股，讲求西学，则必能致国家于富强。与前面几篇文章相比，《辟韩》一文则集中地批判了中国的封建君主专制思想。严复认为，唐代韩愈所写的《原道》一文，是中国封建君主专制思想的渊薮，也是中国专制政治理论的集大成之作。在他看来，韩愈此文，“只知有一人，而不知有亿兆人民”。他认为，“自秦以来，为中国之君者，皆其尤强梗者也，最能欺夺者也”，他们都是窃国大盗，“国谁窃，转相窃之于民而已”，而韩愈却把这些看作是“天之意、道之原”。因此，他据此发问：

韩愈画像

这种窃国于国的行径，难道是天意吗？该文不仅是中国近代最早猛烈批判封建君主专制、提倡民主的一篇战斗激文，而且也是严复一生中最足以说明他是时代先进者的一篇重要文章。在猛烈批判封建专制制度的同时，他还提出了自己的资产阶级民主理论。从近代西方的资产阶级“民约”理论出发，他指出社会上的各行各业，都是人类分工的产物。耕者、织者、工者和贾者，之所以要养活为政者，是要他们为自己服务，而不是要他们骑在自己的头上作威作福。

1895年3月，李鸿章前往日本，准备接受日本强加给中国人民的“和约”。消息传来，举国哗然，严复深感形势危急，于是又在该月底发表了《原强续篇》一文。在这篇战斗性论文中，他呼吁与日本继续作战，反对签署卖国条约。他公开指出，李鸿章之流“和之一言，其贻误天下，可谓罄竹难书矣”。“今日北洋之糜烂，皆可于和之一字推其原”。他反复强调一战到底，认为“今日之事，舍战固无可言”，“唯有与战相终始，万万不可求和，盖和则终亡，而战可期渐振。

亚当·斯密

亚当·斯密，英国哲学家、经济学家，经济学的主要创立者。他所著的《国富论》发展了现代经济学，提供了现代自由贸易、资本主义和自由意志主义之理论基础。

亚当·斯密画像

拓展阅读
TUOZHAN YUEDU

孟德斯鸠

孟德斯鸠，法国伟大的启蒙思想家、法学家。孟德斯鸠不仅是18世纪法国启蒙时代的著名思想家，也是近代欧洲国家比较早地系统研究古代东方社会与法律文化的学者之一。他的著述虽然不多，但其影响却相当广泛，尤其是《论法的精神》这部著作，奠定了近代西方政治与法律理论发展的基础，也在很大程度上影响了欧洲人对东方政治与法律文化的看法。

孟德斯鸠画像

拓展阅读
TUOZHAN YUEDU

卢　梭

卢梭（1712—1778年）是法国著名启蒙思想家、哲学家、教育家、文学家。他出生于瑞士日内瓦一个钟表匠的家庭，是18世纪法国大革命的思想先驱，启蒙运动最卓越的代表人物之一。在哲学上，卢梭主张感觉是认识的来源，坚持“自然神论”的观点；强调人性本善，信仰高于理性。在社会观上，卢梭坚持社会契约论，主张建立资产阶级的“理性王国”；主张自由平等，反对大私有制及其压迫；提出“天赋人权说”，反对专制、暴政。在教育上，他主张教育目的在培养自然人；反对封建教育残害、轻视儿童，要求提高儿童在教育中的地位；主张改

拓展阅读
TUOZHAN YUEDU

革教育内容和方法，顺应儿童的本性，让他们的身心自由发展，反映了资产阶级和广大劳动人民从封建专制主义下解放出来的要求。主要著作有《论人类不平等的起源和基础》《社会契约论》《爱弥儿》《忏悔录》等。

卢梭雕像

苟战亦亡，和岂遂免”。这篇文章不仅痛斥了清政府腐败无能和对外屈膝投降的政策，而且还洋溢着作者强烈的反帝爱国思想。

惊世骇俗的《天演论》

按照严复这一时期的思想发展逻辑，要救亡图存，就要进行变法，而要进行变法，就必须从“鼓民力”“开民智”和“新民德”开始。所有这些方面，都离不开报纸这一重要的舆论阵地。从1896年开始，他就积极帮助梁启超等人在上海创办《时务报》，他自己发表的《辟韩》等论文，也在《时务报》上转载。为了贯彻自己的“开民智”和“新民德”主张，1897年11月，他与王修植、夏尊佑等人，在天津正式创办《国闻报》。该报是一份日报，每天出八开新闻纸一张，登载国内外的时事，并经常发表社论。稿件来源除了选择百余种国外报刊外，还派人到各地实地采访。除日报外，他们还另编一种旬刊，名为《国闻汇编》。

严复创办《国闻报》的宗旨有两个方面：其一，通上下之情，让大家发挥个人的聪明才智，合而成为一国的才智，以达到“开民智”和“新民德”的目的；其二，通中外之情，以了解国外的社会政治制度和民

國聞報
KWO WEN PAO
齒科醫血脇守之助
華俄道勝銀行

情风俗，使中国的统治者“不自私其治”，进而能学习西方的民主，以自立自强，使国家立于不败之地。在当时的中国北方，严复等人创办的《国闻报》是最重要的一份报纸。该报创刊不到一个月，便发生了胶州湾事件。当时德国强占胶州湾，而中国的守军未经抵抗，就退了出来。严复闻讯后，当即在该报上撰文予以抨击。对德国的侵略行径，他认为是“盗贼野蛮”；至于清朝政府的文武官员不做抵抗，他更是斥之为无耻。他进而指出，出现这种情况不是偶然的，而是中国政治发展的必然，因此，要革除这种腐朽的政治，除了变法之外，没有其他出路。类似以上的例子，在《国闻报》中可谓不胜枚举。由于严复善于从一些具体的现实事件入手，以此来揭露清政府在政治举措和科举制度等方面的黑暗与腐朽，从而在当时产生了很大的影响。通过1895年以来发表的一系列论文以及稍后创办的《国闻报》，严复成为全国关注的风云人物。不过，当时影响最大、也就是使他最负盛名的，则是他翻译的那本惊世骇俗的《天演论》。《天演论》一书，是严复根据英国著名生物学家赫胥黎《进化论与伦理学》这本论文集翻译出来的。早在英国留学时期，严复就对达尔文的进化论学说进行过探讨。特别是对于赫胥黎根据达

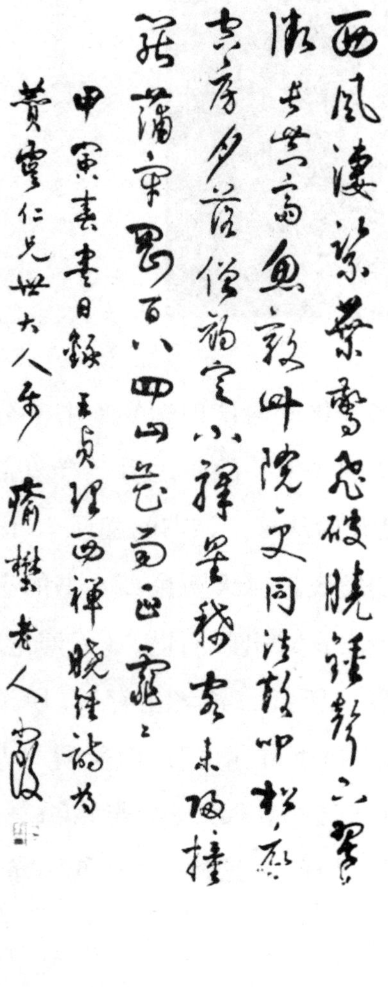

严复书法作品

恩格斯画像

尔文进化论学说所写的《进化论与伦理学》一书十分钦服笃信。回国以后，特别是甲午战争之后，严复备受中国战败的刺激，于是开始从事于该书的翻译。《国闻报》创刊之后，曾陆续发表过《天演论》一书的有关章节。1898 年4 月，该书正式出版面世。《天演论》一书的中心思想就是“物竞天择，适者生存”。所谓“物竞”，就是生存竞争，“物争自存也”；而所谓“天择”，就是自然淘汰与自然选择，“以一物与物物争，或存或亡，而其效则归于天择”。这样，“一争一择，而变化之事出矣!”

恩格斯曾经把达尔文的进化论学说与马克思的历史唯物主义相提并论。将其视之为近代自然科学领域的革命性发现。进化论学说从“物竞天择，适者生存”的角度，揭示了自然界万物生长、优胜劣汰的原因及其规律。赫胥黎是达尔文进化论学说的勇敢捍卫者。但他认为，人类社会的伦理关系，不同于自然法则和生命过程，自然界遵循“物竞”和“天择”的原则，没有什么道德标准，优胜劣汰，弱肉强食，竞争进化，

赫胥黎是达尔文进化论学说的勇敢捍卫者

适者生存；而人类则具有高于动物的先天本性，能够相亲相爱，互助互敬，不同于上述自然竞争，社会进展意味着对宇宙过程每一步的抑制，并代之以一个可称为伦理的过程。正是由于这种天性，人类才不同于动物，社会才不同于自然，伦理学才不同于进化论。这是赫胥黎《进化论与伦理学》一书的基本观点。但是，严复则不同意赫胥黎的这种唯心论的先验论观点。在《天演论》一书的众多按语中，他对赫胥黎的上述观点进行了批评。认为，人类有"善相感通"的同情心、"天良"而互助、团结以"保群"，这些都是进化的结果，而不是原因，是"末"而不是"本"。人就其本质来讲，与禽兽万物一样，之所以"由散入群"，形成社会，完全是由于彼此为了自己的安全利益，并不是由于一开始人就有与动物完全不同的同情心、"天良"和"善相感通"。因此，生物竞争，优胜劣汰，适者生存的自然进化规律，也同样适用于人类社会。严复认为，国家与国家之间，种族与种族之间，也是一个大竞争的格局。在这一竞争格局中，谁最强横有力，谁就是优胜者，谁就能立于不败之地，求得生存，求得发展，否则，就要亡国灭种。根据这一观点，他认为，欧洲国家之所以能侵略中国，就在于他们能不断自强，不断提高自己的"德、智、力"以争胜。因此，中国人别再妄自尊大，谈什么空洞的“夷夏之辨”了，要老老实实地承认：侵略中国的正是“优者”，而被侵略的中国则正是“劣者”；在国际生存竞争中，中国正处在亡国灭种的严重关头！我们应该何去何从？愿意做亡国奴呢？还是愿意力争自己的生存呢？我们应该有所抉择！正是本着这一目的，他翻译的《天演论》，只是重点选择原书中有关万物进化的部分进行翻译，至于赫胥黎讲述社会伦理的部分，则基本上不予翻译。“天演论”这一书名，也只是赫胥黎原书名的一半。

《天演论》一书用自然科学的许多事实，论证了生物界“物竞天择”、进化无疑的客观规律，以达尔文主义的科学性和说服力，给当时的中国人以振聋发聩的启蒙影响和难以忘怀的深刻印象。书中那“物竞天择”、优胜劣汰的呐喊，无疑为中国人敲响了祖国危亡的警钟，从而为煽起人们的爱国热情，走上救亡图存的道路，提供了重要的精神食粮。书中那慷慨激昂的言论，即使是吴汝纶这样的封建士大夫，也备受浸染。至于当时维新派的许多重要人物，更是对它赞不绝口。梁启超是最早读到《天演论》译稿的一个人，该书尚未出版他就加以宣传，并据此写文章、发议论，宣传“物竞天择”的理论。康有为向来是目空一切的，但从梁启超处看到《天演论》译稿后，认为严复所译的

即使是吴汝纶这样的封建士大夫也被天演论中的言论所感染。

《天演论》“为中国西学第一者也”。稍后的资产阶级革命派，对严复的有关思想虽不完全同意，但对其所译《天演论》一书，给予了极高的评价。后来资产阶级革命派的机关报《民报》在《述侯官严氏最近政见》一文中，就曾公正地指出：“自严氏之书（即《天演论》）出，而物竞天择之理，厘然当于人心，中国民气为之一变。即所谓言合群、言排外、言排满者，固为风潮所激发者多，而严氏之功，盖亦匪细。”

然而，《天演论》的作用还不止于此。人们读《天演论》不只是获得了一些新鲜知识，也不只是获得了对某些问题甚至是救亡图存之类大问题的具体解答，更为独特的是，人们通过读《天演论》获得了一种观察一切事物和指导自己如何生活、行动和斗争的观点、方法和态度。《天演论》给人们带来了一种对自然、生物、人类、社会以及个人等万事万物的总观点、总态度，亦即一种全新的资产阶级世界观和人生态度。晚清以来，中国封建社会和封建家庭迅速瓦解、崩溃，一批又一批、一代又一代的不同于封建士大夫的新式青年学生和知识分子在迅速涌现。严复翻译和介绍过来的这种斗争、进化、自强、自立的资产阶级世界观和方法论，正好符合他们踢开封建羁绊、蔑视传统权

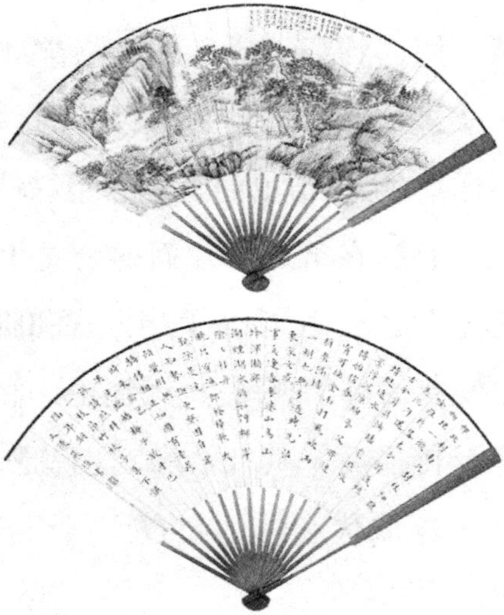

严复书法作品

威、强健身体与自然界斗争、走进人生战场、依靠自己力量去闯出人生道路来的需要。而这种观点和态度，又是以所谓科学为依据和基础，从而更增强了信奉它的人们的自信心和冲破封建意识形态的巨大力量。自《天演论》出版后，数十年间，自立、自强、自力、自存、自治、自主以及“竞存”“适存”和“演存”进化、进步等词汇盛行不衰，并不断地、广泛地被人们取作自己或子弟的名字或学校的名字。在今天的中国老人中，此类名号都还有不少。这就深刻地反映了严复给好几代中国人特别是知识分子，以一种非常合乎他们需要的发奋自强的资产阶级世界观，这是《天演论》的独创性之所在，也是这本书及其思想长久风行、获得巨大成功的主要原因。

当然，用“物竞天择”的生物学规律来解释社会发展和历史进化，这本身是不科学的。正如恩格斯所指出的那样：“想把历史的发展和错综性的全部多种多样的内容都总括在贫乏而片面的公式生存斗争中，这是十足的童稚之见。”社会生产方式和阶级斗争，才是人类历史发展的科学规律。《天演论》和进化论在马克思主义广泛传播后，其社会影响也就随之消失。马克思主义在中国取代和远远超过了《天演论》的影响、作用和地位。

拓展阅读 TUOZHAN YUEDU

时务报

《时务报》是清末戊戌变法运动时期中国资产阶级改良派的重要刊物。1896年8月9日创刊于上海，由黄遵宪、汪康年、梁启超、邹凌翰、吴德潇等发起创办。梁启超任总主笔，汪康年任总经理，麦孟华、徐勤、欧榘甲、章太炎等参加编撰工作。每旬出版1册，3万字左右。重视政论，所载梁启超的《变法通议》、《论中国积弱由于防弊》、《论君政民政相嬗之理》、麦孟华的《尊侠篇》、徐勤的《中国除害议》等政论文章，系统地宣传了改良派的变法维新思想和有关开议院、废科举、办学校以及与帝国主义进行“商战”等方面的政治主张。1898年7月底，光绪皇帝诏改《时务报》为官报，汪康年拒不遵命，并在同年8月17日将报名改为《昌言报》出版。《时务报》在出满69期后宣告停刊。《时务报》初创时每期销4 000份，半年后增至7 000份，最多时达17 000份，在当时国人

拓展阅读
TUOZHAN YUEDU

自办报刊中发行数量最大。《时务报》的政论文体风行一时，被认为是“时务文体”的代表。

《时务报》的内容有如下特点：(一)政治性强。大部分译文都间接与维新派要求变法的政论互为呼应，主要向国人揭示中国在强邻环视下的危急情况，激发国人的变法欲望。如《论日本国势》中“中日未战以前，知日本最深者，亦谓其自取灭亡。盖以华人身壮力强，地大物博，即使日本幸而小胜，终必为华所败。讵知日之败华，既速且准，无异乎昔时德之胜法也”

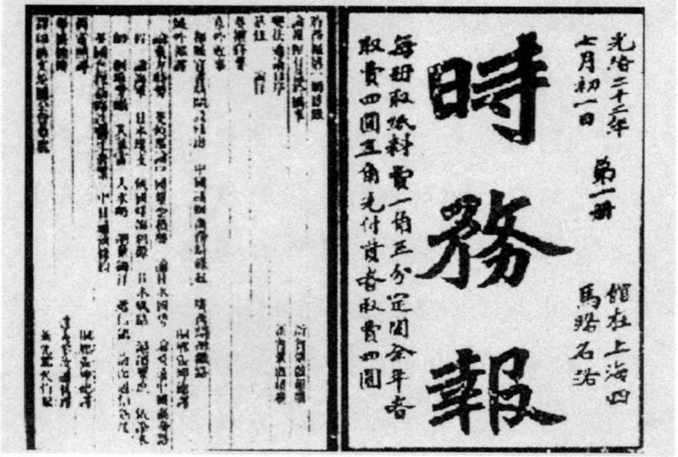
光緒二十二年七月初一日
第一冊
時務報
館在上海四馬路石路
每冊取紙料費一角五分定閱全年者取費四圓五角先付者取費四圓

的言论对于中国人普遍存在的盲目自大、不思进取是一个莫大的打击。《中国度支论》中借用外国人之口抨击中国度支弊政，揭露官员贪污公款、中饱私囊的丑恶行径，要求中国整顿度支。(二)新闻性。《时务报》没设新闻栏，但其译报部分所刊登的内容与外报的时间差不多，一般在十天左右，个别时间差在一两个月。所以译报内容在一定程度上起了报道国际新闻的作用。(三)知识性。在69期《时务报》的译报栏中，几乎每一期都有大量介绍西学新知的文章，主要是科技新发明、科学新发现以及社会科学原理介绍，这些知识性文章增加了《时务报》的可读性。

戊戌变法运动中的严复

甲午战争之后，严复虽然成为一个重要的维新派思想家，但是在随后的戊戌变法运动中，他却并没有直接参加。自甲午战争至戊戌变法，他自始至终守着北洋水师学堂校长的职位，他的活动区域也主要以天津为限，只是偶尔到过北京几次。严复之所以没有积极参加当时康有为等人的百日维新活动，是因为严复

戊戌变法领袖康有为

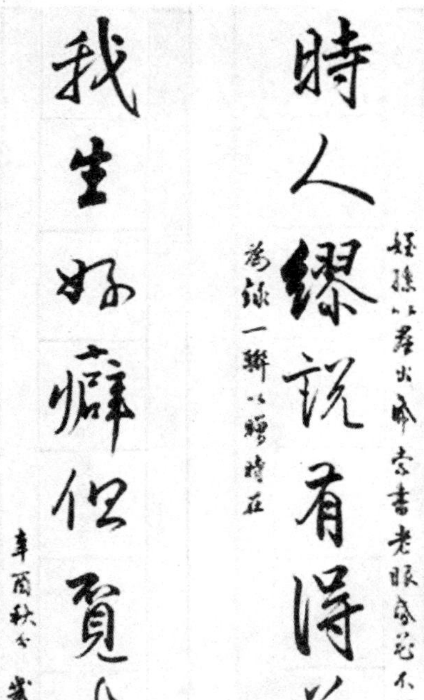

严复书法作品

的思想与当时康有为、梁启超等人的思想，还有着相当大的距离。当时，康有为和梁启超等人都主张走自上而下的资产阶级改良主义道路。他们都有一个共同的观点：中国的变法改良虽然千头万绪，但却有一个中心，即从政治改良入手，即通过皇帝自上而下的变法，实行英国式的君主立宪制，使中国成为一个资产阶级君主立宪制的国家。

在严复的心目中，英国的君主立宪制也是最为理想的政治制度，但是对于如何实现这一政治制度，他

严复画像

与康有为等人则有着不同的想法。他认为，要想使中国成为一个英国式的民主国家，当下最主要的任务不是从改良政治开始，而只能从“开民智”和“新民德”的教育入手。在1895年写作的《原强》一文中，他曾主张：“居之今日，设议院于京师。”但当第二年梁启超写信给他说要将此文转载于《时务报》时，他则表示自己对这篇文章不尽满意，准备修改以后，再给对方寄去。从后来《时务报》所载的《原强》一文来看，他早先的“开议院”主张则被删去了。直到1902年，他在《原富》一书的有关按语中还明确表示不同意通过设议院等来进行政治改良。在当时与梁启超等人的辩论中，他认为，变法是一种极其艰巨的事，不像人们所想的那么简单，所谓“一思变甲即须变乙，至欲变乙又须变丙”，是一件牵一发而动全身的事情。因此必须从“民力”“民智”和“民德”等基础工作入手，而在这三者之中，又在“民智为最隐”。因此应该从教育开始，先做开发“民智”的工作，经过如此这般之后，才能谈得上政治改革。正因为如此，当康有为等人积极为变法而奔波的时候，严复基本上是一个旁观者，而没有积极参与。

1896年，清政府曾命严复在天津创办一个俄文馆，并任总办。该馆以培养俄文人才为重点，其课程的设置、教师的聘请以及其他许多工作，都是严复亲自筹办的。同年，张元济在北京创办通艺学堂。这是一个提倡西学，培养维新人才的机构，学生约有四五十人，其中还包括一部分在京的官员。对于这个学堂，严复曾帮过很多忙。该学堂教员两人，分别教授英文和数学，其中的一人就是严复的本族侄子，校名“通艺”二字，也是严复代取的。1898年，严复还应该学

张元济画像

堂的邀请，两次为这里的学生“考订功课，讲明学术”。这年九月，应光绪皇帝的召见，严复前往北京，也就住在该学堂内。被召见后，他又回到这个学堂，为这里的学生讲授西学知识。消息传开后，除了本学堂的学生外，京城好学者也都来旁听。总之，严复在通艺学堂的演讲，获得了巨大的成功。

百日维新开始后，以康有为为首的新党掌握了政权。由于严复长期以来出色的理论工作，新党极力推荐他出山。当时的詹事府詹事王锡蕃就曾向光绪皇帝极力推荐过严复。他说：严复是一个“通达时务”的人才，国家应该“量才器使”。就这样，光绪皇帝才叫严复来京觐见，于是严复到了北京。在严复觐见光绪皇帝的过程中，光绪皇帝曾命他将此前发表在《国闻报》上的《上今上皇帝万言书》呈上。但这篇万言书后来并没有送到光绪皇帝那里，因为召见后的一个星期，政变就发生了，光绪皇帝成了后党的阶下囚，严复也连忙返回天津去了。

严复所写的“万言书”，从今天所能看到的有关片段来讲，主要是阐述他自己的变法主张。这一主张分“治标”与“治本”两个部分。治标方面，第一是“联合各国之欢”，他建议光绪皇帝巡游西方各国，考察他们的政治风俗，并和他们的首脑人物“联欢”，宣示中

严复故居

国的维新主张，这样使他们耳目一新，对中国的野心也就自然消失了。第二是“结百姓之好”，他建议光绪皇帝从各国“联欢”回来后，就应该到国内各地巡游，了解国内的民生利弊，从而破除过去主尊于上、民贱于下的弊病，激发人们的爱国爱君热情。第三是“破把持之局”，因为在变法过程中，自然会有许多人想侥幸以取得功名富贵，对此必须预先防止。他认为，在变法尚未正式付诸实施之前，上述三个方面，应首先予以实行。与治标相对应的，就是治本。他所说的治本，主要也就是“鼓民力”“开民智”和“新民德”，学习西方的科学技术，废除科举、考据、词章、义理、心性等空洞之学，使农、工、商等社会各个阶层都有接受良好教育的机会。以此来储备人才，开发民智，使政治改革一步一步走向深入，并最终使中国成为一个英国式的君主立宪制国家。

以上就是严复在戊戌变法运动中的全部实际活动。由于他主要是以一个思想家而不是以一个政治活动家的身份出现在当时的维新变法过程中，而且在百日维新的全过程里，他始终未担任过一官半职，故而在后来的戊戌政变过程中，康有为、梁启超和谭嗣同等人，或逃亡，或被杀，而他则安然无事。

拓展阅读
TUOZHAN YUEDU

严复与天津俄文馆

严复创办的天津俄文馆是中国最早的官办俄文专科学校。1895年4月《马关条约》签订之后，俄国与日本在争夺中国东北问题上存在尖锐矛盾。1896年6月，清政府派李鸿章为“钦差头等出使大臣”前往俄国参加沙皇尼古拉二世加冕典礼，代表清政府与沙俄签订了《中俄密约》。天津俄文馆就是在清政府这种亲俄外交政策下创建的。1896年，经俄国领事馆葛拉司建议，经直隶总督王文韶奏明、李鸿章批准，命北洋水师学堂总办严复创办天津俄文馆，并任总办，负责拟订课程、聘请教师及其他一切校务。是年8月16日，俄国公使喀希尼经总理衙门允准，推荐林得俾儿来到天津，王文韶约请严复、潘志俊一起见面，并命严复商订聘任林得俾儿为俄文馆教习合同。19日，王文韶与严复商讨后，还呈递了一道请准水师学堂增收专门学习俄语学生的奏折。该馆招收学生30名，分两班，主要学习俄文。头

拓展阅读 TUOZHAN YUEDU

班学生还学习矿物学、化学、地理学、史学等；二班学生兼习算学。两班均四年毕业。该馆设于北洋水师学堂内，主要是利用水师学堂的空房实施教学。

1897年5月，沙皇俄国派遣特使乌赫托木斯基到中国访问，答谢李鸿章赴俄庆祝沙皇加冕典礼。5月18日，乌赫托木斯基抵达天津紫竹林，下榻于海军公所。为欢迎这位特使，中国方面曾

王文韶像

鸣礼炮以示隆重，正在东门外大狮子胡同故居伏案修改《天演论》的严复还听到了礼炮声。在天津驻留期间，乌赫托木斯基向天津俄文馆捐赠了1 200元，作为该馆学生的学习津贴。

严复虽说奉命创办了俄文馆，但他始终认为沙俄是中国最凶险的敌人。1896年9月8日，中俄签订《合办东省铁路公司合同章程》，俄国攫取了东北铁路的独占经营权；9月28日，《中俄密约》在北京互换，沙俄获得了借地筑路权，以及派兵进入中国东北和派军舰进入中国所有口岸的权力，为沙俄海陆军侵入中国领土打开了方便之门。1897年11月，严复函请吴汝纶为《天演论》作序。当时，日俄两国为争夺中国东北和朝鲜斗争非常激烈，日本对俄国干涉割让辽东半岛一事一直耿耿于怀，不停地扩军备战。严复当时曾有预测，数年之内日俄必有一战。根据1896年《中俄密约》，中国可能会为俄国资助粮食与军火。而中国与俄国合作无异于引狼入室，长城以北及东北将沦落敌手。一旦如此，

拓展阅读
TUOZHAN YUEDU

则中国五千年文明将扫地而尽之。

严复为中国的命运焦虑，他十分担心如此惊心动魄的变故成为现实，常于夜半之际从床上爬起来，周围无人理解他的内心痛苦，他只有通过书信向吴汝纶倾诉。天津俄文馆于1900年因八国联军入侵天津而停办，1901年《德国推广租界合同》记载："新租界内有中国国家俄文学堂一所，留归中国自用。"1903年并入北洋大学俄文专科班，专门培养翻译人才，学制四年。

李鸿章像

思想理论界的巨人

与康有为、梁启超和谭嗣同等人相比，严复在戊戌变法时期的政治主张及其政治实践，是保守的。虽然在他的内心深处，建立英国式的资产阶级民主政体，把中国变成一个独立、富强、民主的国家，一直是他最大的愿望，但是一涉及现实的政治变革，他则变得保守起来。他不同意康有为等人的维新主张，也没有积极地参与当时的维新实践，这与他这一时期的基本政治主张是有密切关系的。然而，如果说在戊戌变法的政治实践中，严复的表现不够突出，那么与他的政

严复铜像

严复书法作品

治主张和政治实践相背反，他在这一时期的学术思想，则表明他是当时中国整个思想理论界的巨人。他的这些思想，代表了近代中国人向西方寻找救国救民真理所走到的崭新阶段，并给当时的中国人一种全新的资产阶级世界观。他在中国近代资产阶级思想启蒙过程中的作用与影响，不只是在戊戌变法时期对改良派的影响，更主要、也更突出地是对以后几代青年爱国者和革命者，都曾产生过深远的影响。

严复在其全部理论工作的一开始，就十分重视哲学的认识论，并从哲学路线斗争的高度来考察向西方寻找真理的整个问题。他明确认定，认识论是关键部分，这也是严复的整个思想不同于他人之处的一个很突出的地方。严复不同意那种认为“中国之智虑运于虚，西洋之聪明寄于实”的看法，认为中西学术的差异，不在于虚实，“中国虚矣，其西洋尤虚”。西方所以坚船利炮，国力富强，经济政治制度所以比封建中国精良优越，正在于他们有近代以来的各种基本理论科学作为基础和依据，而他们所以有这些新科学，又正在于他们都以新的认识论——逻辑学为指导。严复把西方的富强归之于科技，而科技之本又在于其方法论，即培根所提出来的哲学经验论和归纳法。他称之为“实测内籀之学”。所谓“实测”，是指一切科学技

术必须从观察事物的实际经验出发，“其为学术，一一皆本于即物实测”。也就是说，不是书本，而是实际经验，才是认识的出发点和检验的标准。因此，“吾人为学穷理，志求登峰造极，第一要知读无字之书”，“故赫胥黎曰，读书得智是第二手事，唯能以宇宙为我简编，民物为我文字者，斯真学耳。此西洋教民要术也”。所谓“内籀”，是相对于“外籀”而形成的归纳，它是以上认识论具体采用的逻辑方法。他认为，一切科学真理必须通过归纳法而设立，“内籀者，观化察变，见其会通，立为公例者也”，“西学格致，一理之明，一法之立，必验之物物事事而皆然，而后定为不易”。严复大力提倡逻辑归纳，是针对中国封建社会的“旧学”而发的。他将西学与中学作了一番比较。在他看来，中国封建社会的科举八股、汉学考据、宋学义理，以及辞章、书法、金石等等“旧学”或“中学”，“一言以蔽之，曰无用”，“曰无实”，“其为祸也，始于学术，终于国家”。严复认为，中国封建主义文化学术的根本问题，在于其不从客观事实观察、归纳出发，也不用客观事实去验证。演绎的前提来自自己的主观臆造或古旧陈说。因此，这些学问看起来似乎很有道理，实际上则墨守成规，推论过程即使不错，但前提却完全错了。与康有为等人欣赏陆九渊和王阳明不同，

◀ 严复（1854-1921），福建侯官人，曾留学英国。甲午战争后，主张维新变法。译《天演论》等西方学术著作，传播西方文化，以“物竞天择，适者生存”观点号召人们救亡图存。

▼ 严复为《天演论》写的序言

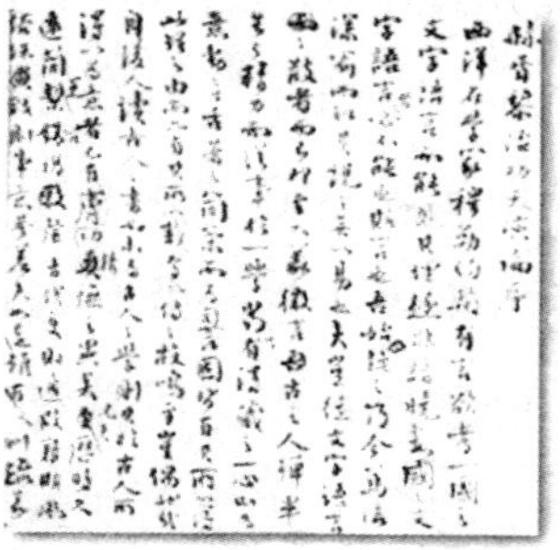

严复像及其经典作品《天演论》序言

严复用唯物论的经验论着重批判了以陆王心学为代表的中国传统唯心主义先验论。他认为，陆王心学的“良知、良能诸说，皆洛克、穆勒之所屏”，一切真理都由归纳经验而来，没有什么“良知”。

总之，在严复看来，只从传统的“古训”和教条出发，“不实验于事物”，才是中学不如西学的根本所在。他说，“中土之学，必求古训。古人之非既不能明，即古人之是，亦不知其所以是”，这种教条主义和唯心论的先验论，必须予以打倒和废除。必须从实际经验出发，观察、归纳、综合，才能得到普遍的原理和原则。掌握了这些原理和原则才可以普遍运用，驾驭各种纷繁的事物及其变化。他认为，这才是中国所应向西方学习的根本。严复从这样的高度来重视认识论，自觉地介绍西方近代的经验论和归纳法，就其眼光和实际达到的水平来讲，在当时的确是凤毛麟角，极为难得。这一点，使他超过了前前后后的许多人，这也是他在提倡西方资产阶级新学，反对中国封建旧学中的一个独特的观点。他所提倡的这一哲学认识论和方法论，不仅在当时是先进的，而且无疑对后人也具有十分重要的影响。但是，这种哲学上的经验论最终必然要走进主观唯心主义和不可知论。在西方，继培根和洛克之后，便有巴克莱和休谟，而严复十分敬佩的约翰·穆勒，正是继承巴克莱、休谟的不可知论者和实证论者。受他们的影响，严复后来在哲学上的归宿也正

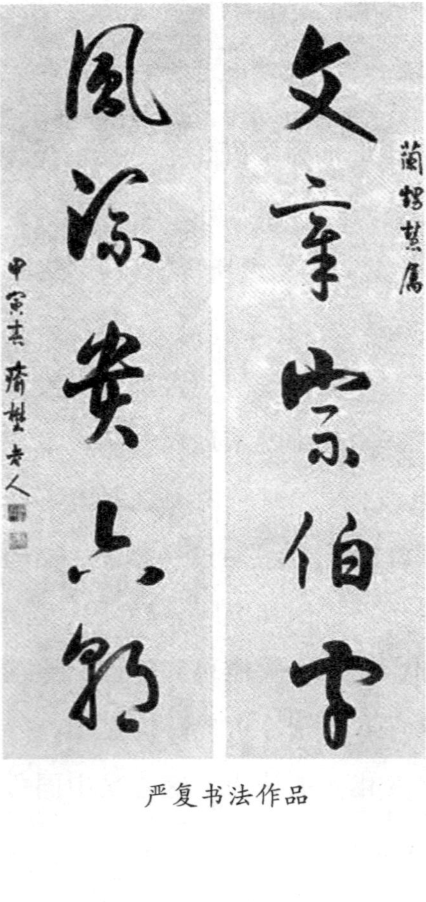

严复书法作品

是这样。由于片面强调感觉经验，轻视理论思辨，迷信归纳万能，严复终于完全投入实证主义。在关于哲学的根本问题看法上，他不断把西方的巴克莱、斯宾塞与中国的庄子、孟子以及《周易》甚至佛学和老子等拉在一起，认为事物的最终本质、实体，是不可知的，而且也是无需认识的。因为它们于国计民生没有什么用处，可以不去管它。哲学的本体论如此，认识论也是一样。所以他主张，“心物之接，由官觉相，而所觉相，是意非物，意物之际，常隔一尘。物因意本，不得径同，故此一生，纯为意境”。这种认识论上的不可知论，必然影响到其政治思想上的主观性和随意性。他之所以在戊戌变法中没有积极参加，而是关起门来，纯粹从自己的感觉经验出发，认为中国人的“力”“智”和“德”都很落后，因此没有实行政治变革的现实基础，与他这种主观唯心主义的认识论是有关系的。

自从19世纪60年代的“洋务运动”开展以来，除了少数的封建顽固派之外，学习西方的近代科学技术，可以说是当时中国人的一致意见。但是在这些科学技术之外，西方还有没有什么可供中国人学习的呢？换句话说，除了科学技术之外，中国还能不能够学习西方国家近代的社会政治制度呢？当时，对于这一问题，主要有两种意见：一派是以早期的资产阶级改良主义者如王韬、郑观应等人为代表，他们认为“西学”之中，有“体”有“用”，坚船利炮，只是西学中的“用”，而资产阶级的议会制度等，则是西学中的“体”。因此，要想使中国富强，就应该学习西方的“体”，在中国建立资产阶级君主立宪制政体；另一派则以洋务派人物如曾国藩、李鸿章和后来的张之洞等人为代表，认为坚船利炮是西方富强的根本，从而提出了以西方的近代科技来保卫中国封建社会的“中体西用”论。严复无疑是继承了早期改良主义者们的思想，但又有着重大的发展。他认为，洋务派所主张的“中体西用”，完全是谬妄之说。在《天演论》的译序中，他表明，“体”与“用”是不可分割的，一个国家的政教学术好像具备各种器官的生物，它的各个部分都是完整的统一体，它们的功能与其存在是不能分开的。因此，“中学有中学之体用，西学有西学之体用”。如果要合而为一物，把属于中国封建社会的“体”，与属于西方资本主义的“用”相联系，连道理名义都讲不通，更不要说能够行得通了。严复举例说：以前中国没有枪炮，现在买来了枪炮；中国的城市以前没有警察，现在设有警察。但是，所有这些，就能解决问题使中国富强了吗？当时，大多数先进的知识分子都把西方的民主政治作为“体”。严复自己也是主张资本主义的民主或民权的，所以他才猛烈地批判韩愈的君主专制、君权至上论，认为“西洋之言治者，曰：国者斯民之公产也，王侯将相者，通国之公仆隶也”，这才是西方资本主义社会政治的命脉所在。

然而，严复思想的深刻之处在于，他并没有停留在西方资本主义民主政治的这一表层，而是对资本主义政治制度的实质进行了进一步的探索。在他看来，民主还不是西方资本主义的根本，民主不过是自由在政治上的一种表现，自由才是“体”，民主不过是

“用”而已。他认为，中国封建社会最为害怕和最为反对的，也正是自由。严复对西方资本主义社会的了解远比早期的资产阶级改良派人物深刻，就是同时期的康有为、梁启超等人，也无法望其项背。他站在中国近代以来正在产生和发展的资产阶级的全新立场上，把个人自由、自由竞争，以个人为社会单位等等，看作资本主义社会的本质，从政治、经济以及所谓“物竞天择”的生存竞争论出发，进行多方面的论证。并且指出，西方近代的民主政治，也是自由的产物。他的这一思想，与同一时期谭嗣同的“平等”以及康有为的“博爱”一起，完整地构成了当时反封建、反专制的最强音。当然，严复所主张的“以自由为体，以民主为用”，是他从总结人类社会发展的必然趋向这一点上得出来的结论。所以，后来的革命派重要代表人物之一的章太炎曾说他是“知总相而不知别相”。在关于中国的现实政治抉择中，与康有为和谭嗣同等人相比，严复要慎重和保守得多。他认为，对中国来讲，根本的问题是教育，只有每个人都能自强自治，然后才能谈得上建立资产阶级的民主政治，国家才能富强。因此，他关于中国社会改革的总观点和总方案是强调社会的政治制度是由教育决定的，变法改革首先在于对人民进行资产阶级教育。这就比康有为、梁启超和谭嗣同等人要求立即改革政治制度要远为落后了。

严复墓

潜心翻译著作　传播西学

尽管严复不同意康有为和梁启超等人发起的变法改良运动，变法失败后他也没有被清政府所追究，但是戊戌政变的发生，还是深深地刺激着他。维新人士谭嗣同等六君子被杀以及康有为和梁启超等人的流亡海外，使他感到无限的悲愤。戊戌政变后，严复回到天津，继续做北洋水师学堂的校长。但是以前那种“奉公之仆，闭户寡合”的安静生活不复存在了。1900年，义和团运动爆发后，直隶一带的反帝爱国斗争空前高涨。在这种情况下，他

严复塑像

只能离开北洋水师学堂，自天津来到上海。从此，水师学堂去不复收，他也正式脱离了工作达18年之久的海军界。

此时的严复，虽然只是50岁不到的中年人，但是他自己却感到“年鬓亦垂垂老矣”，对个人的前途，感到十分渺茫。来到上海后，他曾参加过一些社会活动，但大多数情况下，都是并非自愿的被动之举。他曾开办学会，专门讲授西方的逻辑学。1900年7月，曾计划在长江两岸起兵的唐才常，在上海张园召开中国国会，自任总干事，宣布“保全中国自主之权，创造新自立国”，拥护光绪皇帝当政，并准备在武汉再次发动勤王讨贼。由于严复在此前已具有巨大的社会影响，

严复画像

故而被推为中国国会的副会长。

次年，开平矿务局的总办张翼邀严复赴天津，以主持该矿事宜。但是，当他来到天津后才得知，早在八国联军入侵京、津之时，张翼就曾将开平煤矿的产权偷卖给英国，名义上是加入各国商股，改为中外合办，实际上则完全置于英国人的控制之下。在这种情况下，严复虽身为总办，其实则事事受制于英国。可见，让他主持开平矿务局事宜，事实上只是让他拥有一个虚名而已。1902 年，吴汝纶任京师大学堂（北京大学前身）的总教习。严复终生将吴汝纶视为第一知己，认为他既湛旧学，又乐闯新知。因此，每当有著作写好，都先请吴汝纶过目，以提出意见。吴汝纶对严复也十分佩服，故而在出任京师大学堂的总教习之后，即聘严复为该学堂编译局的总办，以主持翻译事宜。然而，吴汝纶在到职不久就去世了。1904 年，严复便辞去了翻译局的总办之职，回到了上海。

严复回到上海之后不久，张翼为开平矿务局的诉讼交涉事宜请严复同去英国。当时，正在海外宣传反清革命的孙中山先生也自美国来到英国。听说严复住在伦敦，便前往拜访。言谈之间，孙中山向严复介绍了自己的革命主张，但严复表示自己不能同意，明确表示反对进行社会革命。尽管如此，孙中山还是对他表示出很大的尊敬，并告诉严复：“君为思想家，鄙人乃实行家也”，对严复长期以来出色的理论工作给予了极高的评价。由于严复在英国与张翼意见不合，因此在 1905 年，他就提前回国了。当他自英国回到上海后，马相伯正在筹办复旦公学（复旦大学前身）。马相

严复故居

严复铜像

伯此举，与严复长期以来的教育救国主张十分吻合，故而，他极力协助马相伯的各项工作。1906年，马相伯去了日本，严复接替他，做了复旦公学的第二任校长，但只有几个月便辞职了。也就是在这一年，安徽巡抚恩铭聘他为安徽高等师范学堂监督，但不久又离了职。1908年，清政府的学部官员聘严复为审定名词馆总纂。自此至辛亥革命发生的三年间，严复一直在此供职。1910年，清政府施行“新政”，设立资政院。严复以“硕学通儒”身份，被征为资政院议员。

从戊戌政变到辛亥革命前的十多年间，严复虽然担任了一个又一个的职务，参加了一系列的政治活动，但是对于他本人来讲，他都没有尽心为之。在这十多年间，他用力最深、用功最勤的还是他的翻译事业。早在《天演论》出版一年后，他就认为："有数部书，非仆为之，可决30年中无人为此者。"也就是说，在他自己看来，就西文的水平和对西学真谛的明了这一点讲，30年以内，没有人能够超过他。后来的事实证明，他的这一自白，并非傲慢自大的妄语。

严复知道，从事翻译是一件十分辛苦的工作，但他之所以长期不辞劳苦从事翻译工作，目的就是为了使中国的"后生英俊"，"洞悉中西实情"，从而使后人发奋自励，使中华民族能够觉醒。经过多年的艰苦努力，他翻译出了大量的西方学术著作，其中主要有亚当·斯密的《原富》、斯宾塞的《群学肄言》、穆勒的《群己权界论》和《名学》、甄克思的《社会通诠》、孟德斯鸠的《法意》、耶芳斯的《名学浅说》等，译文和按语合计约170多万字。这些译著与此前翻译的《天演论》一起，被后人称之为"严译八大名著"。它们对中国近代的思想和文化建设，都曾产生过重大的影响。

1912年2月25日，严复被任命为京师大学堂总监。5月1日，教育部下文京师大学堂改名为北京大学校。5月4日，严复就任北京大学校第一任校长。严复上任伊始便表示，"痛自策坜，期无负所学，不作国民"。

北京大学的前身即是京师大学堂

严复依据自己所学及多年办学心得，给北京大学校制定了兼收并蓄，广纳众流的办学方针，将北京大学校办成中国思想界、文化界、教育界之集大成者。严复注重培养高素质的人才，培养融汇古今中外的一流专家学者，在教学内容上主张中西结合，改进财经、商学、交通各科，加强地质、化学、土木、矿冶等科，将北京大学校办出水平，办出特色。在严复的努力下，北京大学校很快于1912年7月得到英国教育会议和伦敦大学的承认，提高了北京大学校在国际上的地位和影响。1921年，严复在他的老家神州郎官巷寓邸逝世，终年69岁。

严复是晚清最杰出的启蒙思想家，是一个思想先进的中国人。他一生追求新知，追求真理，呼唤救国救民，谱写了光辉的篇章。他的辞世，时人为之感伤，友人为之恸哀。国史立传，英名永炳史册。严复相知最深的好友陈宝琛撰写《清故资政大夫海军协都统严君墓志铭》称道：“六十年来，治西学者，无其比也。所译天演论、原富、群学肄言、穆勒名学、法意，群已权界论、社会通诠，皆行于世。杂文散见，不自留副，库存诗三百余首。其为学一主于诚，事无大小，无所苟，虽小诗短札，皆精美，为世宝贵”。严复是学贯中西的启蒙先驱，他的辉煌业绩是举世瞩目的。在晚清历史上，很少有人能和严复的译著与社会影响相比拟。如果说他的思想中还有什么弱点的话，那是白圭无玷，瑕不掩瑜。

T拓展阅读 TUOZHAN YUEDU

《原 富》

《原富》是严复对苏格兰经济学家、哲学家亚当·斯密所著的《The Wealth of Nations》翻译的第一个译本起的书名。用现代汉语翻译应为《国民财富对国民财富产生的原因和性质的研究》。其他常见译名有《国富论》。这本书于1776年第一次出版，全书包括两卷共五部。在第一部的序言中，亚当·斯密对全书进行了概括描述，他认为国民财富的产生主要取决于两个因素，一是劳动力的技术、技巧和判断力，二是劳动力和总人口的比例。在这两个因素中，第一个因素起决定性作用。他的主要内容是分析形成以及改善劳动力生产能力的原因，分析国民财富分配的原则；讨论资本的性质、积累方式，分析对劳动力数量的需求取决于工作的性质；介绍造成当时比较普遍的重视城市工商业，轻视农业的政策的原因；列举和分析不同国家在不同阶段的各种经济理论；分析国家收入的使用方式，是为全民还是只为少数人服务，如果为全民服务有多少种开支项目，各有什么优缺点；为什么当代政府都有赤字和国债，这些赤字和国债对真实财富的影响等。

亚当·斯密铜像

拓展阅读 TUOZHAN YUEDU

《群学肄言》

《群学肄言》是严复翻译的社会学名著之一。原系英国社会学家所著《社会学研究》一书。严复于1897年开始翻译，1898年在《国闻报》的旬刊《国闻汇编》上，发表《砭愚》和《倡学》两篇，题为《劝学篇》。1903年上海文明编译局出版《群学肄言》足本，1908年上海商务印书馆出版《订正群学肄言》，现在流行的是商务印书馆的《严译名著丛书》本。该书是一部研究社会方法的著作。译者用文言文夹叙夹议译出此书，在某种意义上可看作是译者的著作。该书强调“以天演为宗”，以生物学规律研究社会现象，从而论证中国的社会变法。《群学肄言》的翻译出版对社会学在中国的传播起了重要的推动作用。

拓展阅读 TUOZHAN YUEDU

《法 意》

1748年，法国伟大的启蒙思想家、哲学家孟德斯鸠的法律、政治巨著《论法的精神》问世。作者综合运用历史、比较、实证等多种研究方法，探询法律的性质和精神，视野宽广，气度优雅。此书出版后轰动一时，不到两年就印了22版，并有多种外文译本。1904—1909年，中国最主要的启蒙思想家、前北京大学校长严复将其以《法意》为名译成中文。商务印书馆于1913年出版了严复翻译的《法意》，于1961年出版了张雁深翻译的《论法的精神》。这部法学经典名著的中文译本长期畅销不衰，不仅为所有中国法律界人士提供了优秀学术作品的经典范式，也深刻影响了一代又一代的法律界人士。

拓展阅读 TUOZHAN YUEDU

名　学

“名学”泛指中国古代的逻辑学说。在中国先秦时代，诸子各家的逻辑思想大都是围绕名实问题和正名问题展开的。孔子最早提出正名思想，但他主要把正名看作是治理国家的头等大事和根本任务。到了公孙龙和后期墨家才真正从逻辑的角度提出正名的原则。荀子集先秦正名思想之大成，总结了“制名之枢要”，形成比较成熟的正名逻辑理论，从而使正名思想成了中国古代逻辑思想的重点和核心。

“名学”也曾作为西方逻辑的中译名之一。中国最早使用“名学”一词指西方逻辑，是在1824年出版的《名学类通》的译著中出现的。影响较大的是严复于1903年翻译的《穆勒名学》和1908年翻译的《名学浅说》。不少中国学者还以“名学”作为逻辑或中国逻辑史著作的书名。如：杨荫杭著的《名学教科书》，屠孝实著的

《名学纲要》，胡适著的《先秦名学史》和虞愚著的《中国名学》等。

孔子是最早提出正名思想的人

拓展阅读 TUOZHAN YUEDU

开拓福建现代教育的功臣

陈宝琛（1848—1935年）字伯潜，号弢庵、陶庵。汉族，福建闽县螺洲人。陈宝琛聪颖过人，官运亨通。他13岁中秀才，18岁中举人，21岁中进士。步入仕途后颇受重用，官至内阁学士兼礼部侍郎。不幸的是，因1885年中法战争被光绪皇帝骤降五级严加处分。从此辞官闲居福州。也正是这闲居25年，他开拓了福建现代教育的崭新的事业。

1895年，福州永泰乡贤力钧利用开办银元局的赢利，创办了苍霞精舍。1897年又增加日文科，称“东文学堂”，聘请陈宝琛任董事兼总理。戊戌变法后，福建各地纷纷提出兴办中、小学堂，可新式教育的教员特别缺乏。当时的闽浙总督同陈宝琛协商，欲将“东文学堂”扩充为官立全闽师范学堂，全力培养新式教育的师资力量，以解燃眉之急。陈宝琛慨然应允，并出任学堂监督（校长）。此学堂也是全国最早创办的师范学校之一。陈宝琛为学堂亲自题写校训："化民成俗其必由学，温故知新可以为师"。并且，还撰写了一篇语重心长的《开学告

陈宝琛铜像

拓展阅读 TUOZHAN YUEDU

诚文》。可喜的是，全闽师范学堂在1903年至1909年，共培养毕业生700人，其中大部分成了福建中小学教师的骨干。1905年，陈宝琛又出任福建高等学堂监督，深感学务繁忙、力不从心。于是，他邀集省城士绅座谈，倡议成立全闽教育商榷机构，大家一致赞成。同年11月，闽省学会宣告成立，陈宝琛被公推为会长。学会成立后，由于众人同心同德、群策群力，八闽大地掀起了兴办小学堂的高潮。至1909年陈宝琛晋京官复原职时，福州城乡已兴办公立、私立小学校30余所，新式教育蔚然成风。

更难能可贵的是，陈宝琛还开明大度地支持夫人王眉寿兴办女子新式教育。1906年王眉寿创办女子师范传习所，自任监督；1907年，女子职业学堂问世，王眉寿兼任监督；1909年，两校合并为女子师范学堂，监督一职还是非王眉寿莫属。可以说，倘若没有陈宝琛的全力支持，福建新式女子教育的立足与发展是难以想象的。陈宝琛对于福建现代教育的贡献是有目共睹的，因此，后人对他有口皆碑也是顺理成章。在今天的福建师范大学旗山校区，建有宝琛广场，广场上立有创始人陈宝琛的铜坐像。

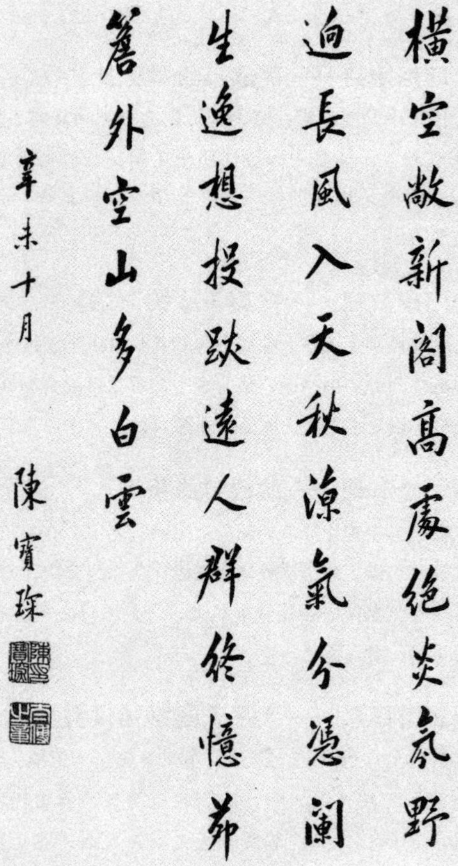

陈宝琛书法作品

中华魂·百部爱国故事丛书
提　要

《誓与禁烟相始终——民族英雄林则徐》

林则徐严禁鸦片，坚决抵抗西方列强的侵略，坚持维护国家主权和民族利益。他是中国近代历史上第一位睁眼看世界的人，是抗击帝国主义殖民侵略的第一人，是中华民族抵御外侮过程中伟大的民族英雄。

《血洒虎门御敌寇——抗英将军关天培》

民族英雄关天培，在第一次鸦片战争中为了抗击英国侵略者的入侵而血洒虎门，为国捐躯，谱写了一曲可歌可泣的英雄赞歌。关天培用他的生命，书写了中国人民反抗外侮的历史。

《威震镇海靖节魂——抗敌英雄裕谦》

在第一次鸦片战争期间的众多牺牲者中，有一位官阶最高，他就是两江总督裕谦。裕谦与外国侵略者斗争立场坚定，与国内妥协派、投降派斗争态度坚决。裕谦督战镇海，与英国侵略军浴血奋战，临危不惧，以身报国，浩气长存。

《斩邪留正解民悬——太平天国领袖洪秀全》

农民出身的洪秀全，从失意文人到起义领袖，经历了长期的思想演变过程，在外敌入侵、清朝政府腐朽的历史环境之下，顺应时代的潮流，成长为一位非凡的历史英雄人物，建立了与清朝政府相抗衡的农民政权——太平天国。

《仰承汉唐　荟萃中外——近代数学家李善兰》

李善兰是我国19世纪重要的科学家之一，在数学、天文学、力学等方面都有重大建树。他继承了我国古代数学的成就，又以极大的热情传播西方科学文化，“仰承汉唐，荟萃中外”，把自己的一生献给了科学事业。

《严谨治学　勇于探索——近代著名数学家华蘅芳》

华蘅芳，中国近代数学家之一。其精通中国古算学，并熟练掌握西方近代数学，是中国验证抛物线并著书立说的参与者。为了证明“外国有的，中国也能造”而鞠躬尽瘁，在引进西方科学技术、传播科学知识上贡献卓著。

《折冲樽俎护山河——近代著名外交家曾纪泽》

曾纪泽是中国近代史上著名的爱国外交家，在中俄伊犁交涉事件中，他秉承抵抗列强、保卫国家的坚定意志，利用外交手段全力同沙俄抗争，捍卫了国家主权、民族尊严，收回了祖国的领土，在近代中国外交史上留下了光辉的一页。

《甲午海战留英名——民族英雄邓世昌》

邓世昌，北洋水师名将。本书以邓世昌的成长过程为线索，以代表性的历史故事为主要内容，还原真实的历史事件，突出鲜明的人物性格。邓世昌因在中日甲午海战中突出的英雄气概而名垂史册，书写了伟大的爱国主义篇章。

《誓与舰队共存亡——北洋水师提督丁汝昌》

丁汝昌处在清朝政府的腐朽和李鸿章的专断下，难以施展爱国的抱负，壮志未酬，愤恨而终。但丁汝昌为建立近代海军作出的巨大贡献，带领北洋舰队爱国官兵勇抗强敌的英雄事迹，将永远为后代所传颂。

《镇南关上凯歌扬——抗法老英雄冯子材》

1885年中法战争中，年逾古稀的冯子材为抵御外国侵略，勇赴国难，大败法军于镇南关，并乘胜追击，接连收复文渊、谅山等地，从根本上扭转了中法战争的局面，成为近代民族英雄的杰出代表。

《屡败法军逞英豪——黑旗军将领刘永福》

刘永福是黑旗军的创建者，是农民出身的杰出军事家、政治活动家。在19世纪发生的援越抗法、中法战争中，他率部与帝国主义侵略者进行了殊死的战斗，建立了卓越的功勋，成为我国近代史上著名的民族英雄，为后世所景仰。

《矢志变法强国家——戊戌变法领袖康有为》

康有为是清末民初最有影响力的思想家之一。他领导了中国知识界的启蒙运动，掀起了一场自上而下的政体改革。他最早在中国提出了立宪政体和具体的宪政方案，主张在坚持儒家传统和帝制的前提下，学习西方经验，他的进步思想对近代中国具有深远的影响。

《开民智以报国　普新知而图强——戊戌变法思想家梁启超》

梁启超，中国近代史上著名的政治活动家、启蒙思想家、史学家、文学家，戊戌变法领袖之一。本书以百日维新思想家梁启超的成长过程为线索，以代表性的历史故事为主要内容，还原真实的历史事件，突出鲜明的人物性格。

《我自横刀向天笑——维新志士谭嗣同》

谭嗣同在民族危机的严重时刻，投身改革救中国的洪流。为了带给祖国一个光明的未来，紧要关头，他挺身而出，用自己的鲜血激励后人，把宝贵的生命献给了变法事业。

《睡乡敢遣警世钟——用生命警策国人的陈天华》

陈天华是民主革命的活动家和宣传家。他写的《猛回头》《警世钟》等书，起到了革命启蒙的重大作用。为了激发留日学生的爱国情怀，他不惜投海自杀，演出了近代史上感人至深的一幕，给后人留下了难忘的印象。

《革命军中马前卒——民主斗士邹容》

革命乃“至尊极高，独一无二，伟大绝伦之一目的”；它是“天演之公例，世界之公理，顺乎天而应乎人”的伟大行动。因此，必须“仗义群兴革命军”。他激情高呼：“革命独子万岁！中华共和国万岁！”这就是《革命军》的作者，中国近代著名资产阶级革命宣传家邹容。

《休言女子非英物——鉴湖女侠秋瑾》

为民族解放和妇女解放而英勇斗争的秋瑾，冲破封建礼教的思想牢笼，打碎封建精神枷锁，崇仰真理，追求光明，主张共和，坚持男女平等，最终献出了自己年轻的生命。

《血溅校场　杀身成仁——民主斗士徐锡麟》

本书讲述了反清志士徐锡麟弃文从武、投身反清革命事业，最终被清政府杀害的故事。出于对国家的热爱，徐锡麟献出自己的生命，他的事迹将永远激励后人深切缅怀这位民主革命的先驱。

《生可死耳　我志长存——献身民主的禹之谟》

禹之谟，民主革命党人，同盟会会员，近代资产阶级革命家、实业家。1886年，20岁的禹之谟“提三尺剑，挟一卷书”游历四方，研究西方社会政治学说，忧国忧民之心日趋强烈。戊戌变法失败，他丢掉改良幻想，倡革命救亡之说，走上民主革命道路。

《物竞天择　适者生存——资产阶级启蒙思想家严复》

严复是中国近代著名的启蒙思想家、翻译家和教育家。他长期从事教育和翻译事业，为近代中国人才培养和思想启蒙做出了重要贡献，同时他也为中国的翻译事业和中西思想文化交流做出了重要贡献。

《辛亥革命急先锋——资产阶级革命家黄兴》

黄兴，清末民初资产阶级革命家，中华民国开国元勋。黄兴在武昌首义及辛亥革命时期的爱国表现，与孙中山闻名于当时，常被时人以“孙黄”并称。本书以资产阶级革命活动实干家黄兴的成长过程为线索，歌颂了先辈伟大的爱国主义精神。

《矢志革命　百折不回——近代民主革命家廖仲恺》

廖仲恺追随孙中山踏上了创立民国与捍卫共和制的旧民主主义革命

之路；在新民主主义革命时期，他为建立、巩固首次国共合作和实施三大政策，英勇奋斗，为国殉职，洒尽了一腔热血。

《将军拔剑南天起——护国英雄蔡锷》

蔡锷是中国近代史上的杰出军事家、爱国者。他的一生短暂而伟大。辛亥革命爆发，他毅然投身于革命洪流之中，领导云南重九起义，对武昌起义积极响应。袁世凯窃国复辟、恢复帝制的阴谋暴露出来以后，他又毅然举起了武装讨袁的旗帜。

《反帝反封建运动——五四青年的爱国故事》

五四运动是一次伟大的反帝反封建的爱国运动；是一个伟大的历史转折点；是中国人民的斗争从挫折走向胜利的一个关节点，它为中国的前进开辟了一条全新的道路，拉开了中国新民主主义革命的序幕。

《思想自由　兼容并包——著名教育家蔡元培》

蔡元培是中国近现代著名的民主革命家和教育家，一生经历风雨，却始终信守爱国和民主的政治理念，致力于废除封建主义的教育制度，奠定了我国新式教育制度的基础，为我国教育、文化、科学事业的发展做出了富有开创性的贡献。

《为国家争光　为民族争气——中国铁路之父詹天佑》

詹天佑是我国最早的杰出铁道工程师，因主持建造京张铁路而闻名中外，被誉为“中国铁路之父”。他为祖国的铁路事业贡献了毕生的精力。本书向读者展示了詹天佑热爱祖国、科技兴国的辉煌人生。

《实业救国　衣被天下——轻工之父张謇》

张謇是爱国实业家、教育家。他年轻时中过状元。过了40岁，开始投身工商实业活动中，他的名言是“富民强国之本在于工”。在南通，创办大生丝厂、银行等各种实业。并将创办实业的大部分所得投入教育。他的观点是，教育和实业一样，也是“富强之大本”。

《心向革命　追求光明——平民将军冯玉祥》

冯玉祥将军“是一位从旧军人转变而成的坚定的民主主义战士”。

抗日战争期间，他辗转各地，用实际行动积极抗战。日本战败投降后，他为了断绝美国的援蒋内战，又在美国四处演说，揭露蒋介石统治之黑暗，痛斥美国阴谋分裂中国的不良行为。

《刑场上的婚礼——革命烈士周文雍　陈铁军》

周文雍是广州起义的主要领导人之一。陈铁军出身于华侨商人家庭，却毅然投身革命洪流。1928年1月，两人接受派遣，回到广州假扮夫妻从事革命斗争，却不幸被捕。临刑前，两位烈士将敌人的枪声当作自己婚礼的礼炮，用生命和爱情谱写出一曲千古绝唱。

《星星之火　可以燎原——井冈山斗争的故事》

1927—1929年，毛泽东、朱德等老一辈革命家，在井冈山创建了农村革命根据地，进行了艰苦卓绝的斗争，建立了新型革命武装，点燃了工农武装革命之火，找到了农村包围城市最后夺取政权的中国革命的正确道路。

《新民学会的主要发起人——中国共产党早期革命家蔡和森》

蔡和森青年时期曾与毛泽东等人一起组织进步团体新民学会，参加五四运动，并在赴法国勤工俭学时研读大量马克思主义著作，回国后以满腔热忱投身革命事业，成为中国共产党早期重要的理论家和宣传家。

《威震黄浦江畔　高奏抗日壮歌——一·二八淞沪抗战》

面对日本侵略者的挑衅，十九路军在蒋光鼐、蔡廷锴的带领下，高举义旗，奋力一搏。一·二八淞沪抗战，是中国军人捍卫军人荣誉和祖国尊严所发出的吼声，谱写了一曲抗击日军侵略的英雄壮歌。

《将军恨不抗日死——慷慨就义的吉鸿昌》

在国难深重的20世纪30年代，吉鸿昌将军因拒绝执行国民党指示，坚决不打内战，被迫携眷出国“考察”。回国后，他加入中国共产党，组织了民众抗日同盟军，英勇打击日本侵略者，后于1934年11月被国民党反动派杀害。

《献身革命　甘于清贫——梅岭忠魂方志敏》

大革命失败后，方志敏凭着“两条半步枪”起家，身经百战，创建了赣东北革命根据地和红十军。本书真实记录了方志敏投身于革命、领导红军和敌人进行艰苦卓绝斗争的经历，歌颂了烈士贫贱不移、威武不屈、献身革命的高尚品质。

《奏响中华最强音——人民音乐家聂耳》

聂耳在他有限的生命中创作了数十首革命歌曲，在抗日救亡运动中，聂耳的这些歌曲产生了广泛深远的影响。他的音乐创作为中国无产阶级革命音乐的发展指明了方向，树立了榜样。

《横眉冷对千夫指——中国文化革命主将鲁迅》

鲁迅不但是伟大的文学家，而且是伟大的思想家和伟大的革命家。在那风雨如晦的黑暗年代里，他以笔为投枪，同一切帝国主义和反动派进行了顽强的战斗，为中国人民树立了一个不朽的丰碑。他是新文化战线上的一面光辉旗帜，是我们伟大民族的灵魂。

《铁流两万五千里——红军长征的故事》

红军长征是人类历史上的一次伟大的壮举。第五次反“围剿”失败后，中国工农红军的三大主力在极端艰难的条件下，突破国民党军队的围追堵截，进行了史无前例的战略大转移，总行程达两万五千里以上。途中发生了许多动人故事，至今令人难以忘怀。

《荣辱不移革命志——创建陕北红军的刘志丹》

刘志丹是杰出的无产阶级革命家、军事家，西北红军和西北革命根据地的主要创始人之一。他一生热爱人民，追求真理，英勇善战，百折不挠，艰苦奋斗，忠心赤胆，为创建红军和革命根据地、为中国人民的解放事业建立了不可磨灭的功勋。

《英名永存北平城——爱国将领佟麟阁　赵登禹》

1937年7月28日，日军向北平郊区发动进攻。第二十九军副军长佟麟阁奉命在南苑率部与日军苦战，腿部受伤，头部被敌机炸伤，壮烈殉国。第一三二师师长赵登禹指挥部队顽强抵抗日军，右臂中弹负伤，仍继续作战。后在转移途中遭日军截击而牺牲。

《八百壮士　四行仓库铸军魂——谢晋元和他的战友们》

八一三抗战，中国军人以血肉之躯揭开全面抗战的帷幕。这是一场血战，是中国军人不屈不挠的英雄诗篇，其中的八百壮士守四行，成为这首英雄颂歌中最动人、最凄美的音符。一曲四行保卫战，铸就了不屈的军魂。

《八女投江　气贯长虹——八位抗联女战士》

抗日战争时期，以冷云为首的东北抗日联军8名女战士，为捍卫民族尊严，面对凶残的日寇，镇定自若，宁死不屈，投江殉国，表现了中华民族同敌人血战到底的英雄气概。她们的光辉形象，激励着千千万万的后来人。

《艰苦抗战　威震敌胆——著名抗日英雄杨靖宇》

杨靖宇将军是我国著名的抗日民族英雄。曾先后担任磐石游击队政治委员、东北抗日联军第一军军长兼政委、抗日联军总司令等职。领导军民对日寇坚持了长达9个年头的艰苦卓绝的斗争，最终以身殉国。

《死也不当亡国奴——镜泊抗日英雄陈翰章》

陈翰章，从1932年8月投笔从戎，直到1940年12月8日为抗击日本侵略者，战死在镜泊湖畔。他在抗日疆场上奋战了九年，他那可歌可泣的英雄事迹将为人们永世传颂。

《名将殉国　气壮山河——抗日将军张自忠》

著名抗日将领、民族英雄张自忠，生于忧患的时代，抱有“宁为百夫长，胜作一书生”的志向，经历过失败与低谷，最终成就了慷慨人生。本书主要以人物活动为主，勾画出一个真正的“民族魂”鲜活的人生，会带给读者振奋的力量。

《宁死不辱战士名——狼牙山五壮士》

1941年日寇在河北易县“扫荡”。为掩护群众和主力部队撤退，五位八路军战士毅然把敌人引上了狼牙山棋盘坨峰顶绝路。弹尽粮绝、无路可退，五位英雄纵身跳下了万丈悬崖，用生命和鲜血谱写出一曲惊天地泣鬼神的壮举。

《太行浩气传千古——抗日名将左权》

左权，中国工农红军和八路军高级指挥员，著名军事家。是八路军在抗日战场上牺牲的最高指挥员。名将阵亡，太行山为之垂首，全党为之悲痛。周恩来称他“足以为党之模范”，朱德赞誉他是“中国军事界不可多得的人才”。

《虎将兴关外　抗倭统雄师——抗联英雄赵尚志》

本书描写了久经考验的共产党员、东北抗联的创建者和主要领导人赵尚志，在艰苦卓绝的条件下，坚持抗战，威震敌胆，战功卓著，忍辱负重，忠贞不屈，为国捐躯的英雄故事，为青少年读者呈上一部爱国主义的佳作。

《黄埔之英　民族之雄——抗日名将戴安澜》

抗日名将戴安澜，先后参加保定、漕河、台儿庄、武汉、昆仑关等战役，作战英勇，屡建奇功；入缅作战，“扬威国外，藉伸正义”；守东瓜，复棠吉；殒身缅北，遗恨丛林，马革裹尸，成就了光辉的一生。

《爱国志士　民主先锋——新闻出版家邹韬奋》

本书讲述了邹韬奋献身新闻出版事业的奋斗历程，展现了一位新闻工作者坚定的革命信念和炽热的爱国主义精神，全心全意为人民服务、为读者服务的奉献精神，歌颂了他的高尚情操和优良品质。

《为抗战发出怒吼——人民音乐家冼星海》

人民音乐家冼星海，青年时期在巴黎求学，饱尝屈辱与磨难；学成后毅然回到多灾多难的祖国，用满腔热忱谱写激昂的音乐，鼓舞中华儿女的斗志；奔赴延安，谱写出不朽的名作《黄河大合唱》，发出中华民族抗日救亡的怒吼。

《全民皆兵　抗击日寇——抗日战争的故事》

中国人民进行的十四年抗战，是一百多年来中国人民反对外敌入侵第一次取得完全胜利的民族解放战争。这场战争是以国共两党合作为基础，有社会各界、各族人民、各民主党派、抗日团体、社会各阶层爱国人士和海外侨胞广泛参加的全民族抗战。

《捧着一颗心来　不带半根草去——人民教育家陶行知》

陶行知是我国现代教育史上伟大的人民教育家、教育思想家。他从青年起就立志献身教育事业，以“捧着一颗心来，不带半根草去”的赤子之心，为人民的教育事业鞠躬尽瘁。

《为民主与和平拍案而起——民主斗士闻一多》

闻一多早年与梁实秋等人发起成立清华文学社。赴美留学期间由对祖国的深深眷恋而创作著名的《七子之歌》。后在西南联大任教8年，积极投身于抗日运动和争取民主的斗争，发表了著名的《最后一次讲演》。

《铁窗难锁钢铁心——革命先烈王若飞》

王若飞是我党早期杰出的无产阶级革命家。在艰苦卓绝的斗争中，他出生入死，屡建奇功，以超人的睿智和胆略，在敌人的监狱中，同敌人展开了殊死的较量，为抗战的胜利和新中国的诞生做出了卓越的贡献。

《横扫千军　还我河山——抗联名将李兆麟》

李兆麟是东北抗日联军创建人之一，他率领抗日联军历尽千难万险与日本侵略者浴血奋战，在极其艰苦的条件下，保存了抗日联军的有生力量，为东北光复做出了重大贡献。

《锄头开出新天地——解放区大生产运动》

为了解决困难，渡过难关，党中央号召党政军民齐动手，开展大生产运动。中国共产党在其控制区域内发动的一场军队屯田和鼓励生产的群众运动，达到了自己动手丰衣足食，共度难关，既进行革命又进行生产自足的目的。

《生的伟大　死的光荣——女英雄刘胡兰》

刘胡兰，坚贞不屈的少年女英雄。生前对我国劳动人民的解放事业无限忠诚，在敌人威胁面前，大义凛然，毫无惧色，英勇牺牲，表现了共产党员的高贵品质。

《饿死不领美国救济粮——爱国知识分子的楷模朱自清》

朱自清作为爱国知识分子的典型，以锐利的笔锋直言痛斥反动政府的暴行，体现了他崇高的爱国情怀和不畏恶势力的精神品格。毛泽东曾给朱自清先生以高度评价："一身重病，宁可饿死，不领美国的'救济粮'"，"表现了我们民族的英雄气概"。

《为了新中国前进——舍身炸碉堡的董存瑞》

伟大的英雄，中国人民的儿子董存瑞，从儿童团长成长为一名光荣的解放军战士，在1948年解放隆化县城时，舍身炸碉堡，为新中国献出了自己年轻的生命。他的英雄形象永远留在人民心里。

《宁死不屈的共产党员——革命烈士江竹筠》

江竹筠，就是著名的江姐。1947年春，她负责《挺进报》工作，只几个月的时间，报纸就发行到1600多份，引起了敌人的极大恐慌。由于叛徒出卖，江姐不幸被捕，惨遭毒刑的残酷折磨，仍坚贞不屈。最后被特务秘密枪杀，年仅29岁。

《抗美援朝　保家卫国——志愿军的战斗故事》

抗美援朝战争是中国人民志愿军为援助朝鲜人民、保卫祖国安全，与美国为首的"联合国军"发生的战争。在朝鲜牺牲的志愿军烈士们，他们英勇的战斗事迹、保家卫国的精神值得我们发扬光大。

《上甘岭上壮烈歌——黄继光和他的战友们》

在1952年10月的上甘岭战役中，黄继光和他的战友们在零号阵地半山腰被敌机枪火力点压制，此时，黄继光身上已经多处负伤，手雷也已全部用光。为了完成任务，减少战友的伤亡，他用自己的胸膛堵住正在扫射的敌机枪射孔，为反击部队扫清了前进的道路。

《诗书印画　全入神品——国画大师齐白石》

齐白石出身贫寒，做过农活，当过木匠，后改学雕花木工，从民间画工入手，摹古人真迹，学诗文书法，融汇古今，而诗、书、印、画俱佳；他将中国画的精神与时代的精神统一得完美无瑕，使中国画得到国际的重视，无愧于“国画大师”的称号。

《毕生为文化而奋斗——中国第一出版家张元济》

张元济参与、主持和督导商务印书馆近六十年，使其从简单的印刷企业转变为当时中国教育出版的旗帜。张元济一生爱书，在中华大地动荡不安的年代里，他用自己对文化的热爱，续存着中华民族灿烂悠久的文明之光。

《独树一帜　梨园大师——著名京剧表演艺术家梅兰芳》

梅兰芳，京剧大师，演唱风格独树一帜，世称“梅派”。曾先后赴日本、美国、苏联演出，并荣获美国波摩那学院和南加州大学的荣誉文学博士学位。作为一位爱国者，抗战期间蓄须明志，拒绝为日本人演出，为后世称颂。

《华侨旗帜　民族光辉——爱国侨领陈嘉庚》

陈嘉庚是著名的爱国华侨领袖、企业家、教育家、慈善家、社会活动家。他为辛亥革命、民族教育、抗日战争、解放战争、新中国的建设做出了卓越的贡献。生前被毛泽东誉为“华侨旗帜、民族光辉”。

《向雷锋同志学习——伟大的共产主义战士雷锋》

雷锋，一个平凡而伟大的共产主义战士，一心向着党，一生秉承着全心全意为人民服务、无私奉献的崇高思想；发扬刻苦学习和钻研理论的“钉子”精神；坚持勤俭节约、艰苦奋斗的优良作风。毛泽东为其题词：“向雷锋同志学习。”

《人民的好公仆——县委书记的好榜样焦裕禄》

焦裕禄，被誉为县委书记的好榜样。他用自己的革命精神，展开了与大自然、与社会落后现象、与病魔的多重抗争，让我们领略到一个共产党人的生之伟大、死之壮美的人格品质和具有现实教育意义的精神魅力。

《文学巨匠　京味大师——人民作家老舍》

老舍是我国现代小说家、文学家、戏剧家。他用融入骨髓的真诚文字反映生活的喜怒哀乐。老舍的一生，总是在忘我地工作，他是文艺界当之无愧的“劳动模范”，生前被北京市人民政府授予“人民艺术家”的称号。

《革命老人——无产阶级教育家徐特立》

徐特立是一代伟人毛泽东的老师。他出生在贫苦家庭，大部分时间生活在动荡艰苦的年代；他刻苦勤奋，不畏艰辛，追求光明，一生勤俭，为革命培养了大量的人才；他对党和人民任劳任怨，鞠躬尽瘁。他坎坷奋斗的一生，留下了许多可歌可泣的故事。

《人生能有几回搏——新中国第一个世界冠军容国团》

容国团先后担任中国乒乓球队运动员、女队主教练。获得1959年男子单打世界冠军；1961年夺得男子团体世界冠军；作为中国女队主教练，1965年率女队第一次夺得女子团体世界冠军。他的“人生能有几回搏”的豪言，举国传诵。

《石油工人一声吼　地球也要抖三抖——铁人王进喜》

王进喜，新中国第一批石油钻探工人。他为祖国石油工业的发展和社会主义建设立下了不朽的功勋，在创造了巨大物质财富的同时，还给我们留下了宝贵的精神财富——铁人精神。他被评为“百年中国十大人物”，写入中华民族的光辉史册。

《做人民需要我做的事——著名地质学家李四光》

李四光是一位伟大的科学家，他一生从事地质学研究工作，足迹遍布祖国的山川，为祖国探明了许多地下宝藏；他创建了崭新的学说——地质力学；他历尽重重困难，为正确认识地质构造开辟了一条新路。

《中国化学工业的先驱——著名化学家侯德榜》

为摆脱纯碱需要进口的窘况，20世纪初，怀着“实业救国”梦想的中国化工先驱侯德榜等人创办了永利碱厂，并立志生产出中国人自己的碱。1926年，永利碱厂终于成功地生产出“红三角”牌纯碱，从此中国制碱业得以跨入世界先进行列。

《毕生求是 一丝不苟——著名科学家竺可桢》

著名科学家竺可桢献身科学研究；治学严谨，一丝不苟；一生廉洁，两袖清风；作风民主，爱护学生。他以爱国之心、报国之志，从一个民主主义者逐渐成长为一个共产主义战士。

《热爱自然的大地之子——著名植物学家蔡希陶》

蔡希陶，五十载风雨，五十载坎坷，五十载奋斗，五十载开拓，为了发现对人类生产、生活有用的植物及新物种的引进而做出巨大贡献，在中国的植物资源学史上将永远镌刻着他的名字。

《高洁无私的襟怀——知识分子的楷模蒋筑英》

蒋筑英是中国当代知识分子的先锋典范，他不为名，不为利，尊重科学；他以坚忍的毅力和顽强的作风，在科学的道路上呕心沥血，鞠躬尽瘁，无私地奉献了青春和生命。

《迎接新生命的天使——卓越的妇产科专家林巧稚》

林巧稚是国内外享有盛誉的妇产科专家。在五十多年的医学教育和临床实践中，林巧稚亲自接生了五万多婴儿，治愈了数千病人，培养了数以百计的专门人才，为我国的妇女儿童事业做出了不可磨灭的贡献。

《独自成千古 悠然寄一丘——国画大师张大千》

张大千是20世纪中国画坛最具传奇色彩的国画大师，无论是绘画、书法、篆刻、诗词无所不通。在艺术界深得敬仰和追捧，艺术家们用真挚的感情，用绘画和雕塑展现了“张大千”多彩的艺术形象。

《建造中国的通天塔——著名数学家华罗庚》

中国当代著名数学家华罗庚，为中国数学的发展做出了无与伦比的贡献，他是中国解析数论、典型群、矩阵几何等多方面研究的创始人与开拓者，也是我国最早将数学理论研究与生产实践紧密结合的科学家。

《问鼎长天　强我国威——两弹元勋邓稼先》

邓稼先是我国著名科学家，参加组织和领导我国核武器的研究、设计工作，从对原子弹、氢弹原理的突破和试验成功及其武器化，到新的核武器的重大原理突破和研制试验，作出了重大贡献。是我国核武器理论研究工作的奠基者之一，被誉为“两弹元勋”。

《敢叫天堑变通途——桥梁专家茅以升》

中国著名的桥梁专家茅以升从小立志为祖国建造桥梁，经过不懈努力，他不仅设计建造了一座座宏伟壮观、坚固实用的道路桥梁，而且搭建了一座座友谊之桥，为祖国建设作出了卓越贡献。

《蘑菇云之梦——核物理学家钱三强》

被誉为“中国原子弹之父”的核物理学家钱三强，更名后立志于科技报国；24岁投师于世界著名核物理学家居里夫妇；与夫人何泽慧合作，发现铀的“三分裂”“四分裂”现象；统领我国的原子大军，做了大量创造性工作。

《两离桑梓地　满怀雪域情——领导干部的楷模孔繁森》

孔繁森，是一位一尘不染、两袖清风的好干部。两次进藏工作，历时十载，为西藏的建设、发展和稳定作出了突出的贡献。1994年11月，孔繁森不幸以身殉职。人民群众称他为新时期领导干部的楷模。

《摘取数学皇冠上的明珠——著名数学家陈景润》

陈景润是享誉世界的数学家，为了证明“哥德巴赫猜想”，他以惊人的毅力在数学领域里艰苦跋涉，终于攻克了世界著名数学难题“哥德巴赫猜想”中的“1+2”，创造了中国乃至世界数学史上的辉煌。

《学术独步　饮誉四海——享有国际威望的科学家卢嘉锡》

卢嘉锡是一位在国际科学界享有崇高威望的物理化学家、化学教育家和科技组织领导者。1945年，卢嘉锡满怀“科学救国”的热忱回到祖国，对中国原子簇化学的发展起了重要推动作用，他所指导的新技术晶体材料科学研究，也取得了重大成绩。

《德艺双馨　梨园楷模——著名豫剧表演艺术家常香玉》

常香玉1941年赴陕甘演出。1948年在西安创办香玉剧社。1951年为支援抗美援朝，率剧社巡回西北、中南、华南各地演出，以演出收入捐献“香玉剧社号”战斗机一架，素有“爱国艺人”之誉。

《文学大师　激流勇进——著名作家巴金》

本书以巴金生平和主要事迹为线索，回顾和展示现代著名作家巴金的一生，以期让人们看到巴金在这风云变幻的100多年中，有过成功的欢欣，有过屈辱的磨难，有过痛苦的忏悔，有过平静的安宁。巴金的人生，映照着一代中国五四知识分子坎坷而不平凡的命运。

《壮心系科学　孜孜为国昌——理论化学家唐敖庆》

本书讲述了唐敖庆从出国求学、学业有成、回国任教，到服从安排、艰苦工作、刻苦钻研，最终成为中国量子化学奠基者的过程。让人们看到了这位著名化学家的赤心爱国、严谨治学、大公无私的崇高品格和科研上的卓越成就。

《中国导弹之父——著名科学家钱学森》

当第一颗原子弹升空的时候，当中国的人造卫星奏响《东方红》的时候，当中国运载火箭腾空而起的时候，当中国研制的导弹准确命中目标的时候，人们都会想起他的名字：中国导弹之父钱学森。

《中国近代力学的奠基人——著名科学家钱伟长》

钱伟长曾以中文和历史两个100分的成绩考入清华大学。九一八事变后，钱伟长毅然放弃了文科的学习而转为理科。他是中国近代力学、应用数学的奠基人之一，在固体力学、流体力学以及航空航天领域，取得了卓越的成就，为新中国的现代化建设付出了毕生的精力。

《中国光学科学的奠基人——著名科学家王大珩》

王大珩是我国著名的科学家，中国光学科学的奠基人。他先在清华就读，后赴英国求学，学业有成，立志科学救国，其成就享誉神州。他以科学的求是精神和赤诚的爱国情怀，探索着中国光学发展的闪光之路。